作品集

冰心 著

・冰心的作品，自五四運動以來，就是中學語文教科書的最愛，對於當代人、年輕學子，一直起著感情上的教育作用。從她的詩、小說、散文、雜文中，處處可看到濃烈的「愛」字！

・本書收集了，她最代表性的短篇小說與散文、雜文，隨筆等等共30篇，是繼《寄小讀者》之後，更可深入了解名家的手筆！

關於．冰心

冰心（一九〇〇年10月5日—一九九九年2月28日），原名謝婉瑩，福建省福州市長樂區人。詩人、現代作家、翻譯家、兒童文學作家、社會活動家、散文家。筆名冰心取自「一片冰心在玉壺」。

一九一九年8月的《晨報》上，冰心發表了第一篇散文《二十一日聽審的感想》和第一篇小說《兩個家庭》。一九二三年出國留學前後，開始陸續發表總名為《寄小讀者》的通訊散文，成為中國兒童文學的奠基之作。在日本被東京大學聘為第一位外籍女講師，講授「中國新文學」課程，於一九五一年返國。

一九五一年，從日本回到中國。「文化大革命」時期，被抄家，並進了「牛棚」，烈日下接受批鬥。一九七〇年初，冰心被下放到湖北咸寧的五七幹校接受勞動改造，直到一九七一年美國總統尼克森訪華前，冰心與丈夫吳文藻才回到北京，接受有關翻譯任務。這時她與吳文藻、費孝通等合作翻譯《世界史綱》《世界史》

等著作。

冰心的小說在刻畫人物形象時，大多不用濃墨重彩，也較少精雕細刻，只用素描的筆法，淡淡數筆，人物形象就彷彿那出水的芙蓉，鮮靈靈地浮現在水面上。《六一姊》《冬兒姑娘》《小橘燈》分別塑造了三個生活在不同時代的少女形象。冰心在小說中塑造了一系列理想、完美的女性的形象。她們大多心地善良，溫柔美麗，活潑大方，穩健端莊。她們青春煥發，充滿活力，以自己的智慧和才能，贏得女性的尊嚴；以自身事業上的輝煌成就，獲得男人的敬重。此外還有一系列熱愛祖國的青年，慈憐溫柔的偉大母親，通情達理的老奶奶，以及博學風趣潛老教授等眾多形象，透出了溫情。

冰心的小說，較少宏篇鉅著，多是清新雋永的珍品。她的許多作品看起來情節單純，卻寓意深處，留給人無窮的回味。她擷取現實生活中的一個片段，人生旅途中的一段機緣，展示出錯綜複雜的社會生活的一個側面。沒有離奇曲折的故事，沒有金錢鐵馬的壯舉，卻具有一種哲理的追求。她常常用機敏的目光，去觀察社會，審視人生：從人際關係撞擊中，爆發出火花，捕捉生活中蘊藏的哲理，寄託自己的情思，富有清新的哲理和詩意。

冰心的散文體現著冰心自己所強調的獨特風格。冰心善於擷取生活中的片斷，編織在自己的情感波瀾之中，憑藉著敏銳的眼力和細密的情思，把內在的深情和外物的觸發溶在一起，寓情於景，情景交融，給讀者以崇高的美的享受。冰心十分注重散文內涵的美。她的散文立意新穎，構思靈巧。在看似平凡的題材中，創意出奇，構局善變，這是由她的思想造詣和生活環境凝聚而成的美的情思。

冰心在散文的創作過程中，特別注意感情的文字表達，冰心往往將自身的審美心理和審美理想，藉助自然景物的點染表現出來。

冰心的兒童文學作品充滿著對少年兒童的愛和希望。冰心從兒童的特點出發，寓教育於情趣之中，以情感人。冰心從不以少年兒童的教育者面貌出現，不以空泛的說教，生硬的訓誡來教育兒童，而是採用與少年兒童促膝談心的方式，以親切、委婉的語調，述說自己生活中的見聞和內心的感受，並且敘述得那樣有趣，那樣娓娓動，就像有一種魔力吸引著小讀者。

目錄

CONTENTS

I・超人

何彬是一個冷心腸的青年，從來沒有人看見他和人有什麼來往。他住的那一座大樓上，同居的人很多，他卻都不理人家，也不和人家在一間食堂裡吃飯，偶然出入遇見了，也不輕易招呼。郵差來的時候，許多青年歡喜跳躍著去接他們的信；何彬卻永遠得不著一封信。

他除了每天在局裡辦事，和同事們說幾句公事上的話；以及房東程姥姥替他端飯的時候，也說幾句照例的應酬話，此外就不開口了。

他不但是和人沒有交際，凡帶一點生氣的東西，他都不愛；屋裡連一朵花，一根草，都沒有，冷陰陰的如同山洞一般。書架上卻堆滿了書。他從局裡低頭獨步的回來，關上門，摘下帽子，便坐在書桌旁邊，隨手拿起一本書來，無意識的看著，偶然覺得疲倦了，也站起來在屋裡走了幾轉，或是拉開簾幕望了一望，但不多一會兒，便又閉上了。

程姥姥總算是他另眼看待的一個人；她端進飯去，有時便站在一邊，絮絮叨叨的和他說話，也問他為何這樣孤零。她問上幾十句，何彬偶然答應幾句說：「世界是虛空的，人生是無意識的。人和人，和宇宙，和萬物的聚合，都不過如同演劇一般：上了臺是父子母女，親密的了不得，下了臺，摘了假面具，便各自散了。哭一場也是這麼一回事，笑一場也是這麼一回事，與其互相牽連，不如互相遺棄；而且尼采說得好，愛和憐憫都是惡……」

程姥姥聽著雖然不很明白，卻也懂得一半，便笑道：「要這樣，活在世上有什麼意思？死了，滅了，豈不更好，何必穿衣吃飯？」他微笑道：「這樣，豈不又太把自己和世界都看重了。不如行雲流水似的，隨他去就完了。」程姥姥還要往下說話，看見何彬面色冷然，低著頭只管吃飯，也便不敢言語。

這一夜，他忽然醒了。聽得對面樓下淒慘的呻吟著，這痛苦的聲音，斷斷續續的，在這沈寂的黑夜裡只管顫動。他雖然毫不動心，卻也攪得他一夜睡不著。月光如水，從窗紗外瀉將進來，他想起了許多幼年的事情，——慈愛的母親，天上的繁星，院子裡的花……他的腦子累極了，極力的想擯絕這些思想，無奈這些事只管奔湊了來，直到天明，才微微的合一合眼。

他聽了三夜的呻吟，看了三夜的月，想了三夜的往事——眠食都失了次序，眼圈兒也黑了，臉色也慘白了。偶然照了照鏡子，自己也微微的吃了一驚，他每天總是機械似的做他的事——然而在他空洞洞的腦子裡，憑空添了一個深夜的病人。

第七天早起，他忽然問程姥姥對面樓下的病人是誰？程姥姥一面驚訝著，一面說：「那是廚房裡跑街的孩子祿兒，那天上街去了，不知道為什麼把腿摔壞了，自己買塊藥貼上了，還是不好，每夜呻吟的就是他。這孩子真可憐，今年才十二歲呢，素日他勤勤懇懇極疼人的……」

何彬自己只管穿衣戴帽，好像沒有聽見似的，自己走到門邊。程姥姥也住了口，端起碗起，剛要出門；何彬慢慢的從袋裡拿出一張鈔票來，遞給程姥姥說：「給那祿兒罷，叫他請大夫治一治。」說完了，頭也不回，逕自走了。

——程姥姥一看那鉅大的數目，不禁愕然，何先生也會動起慈悲念頭來，這是破天荒的事呵！她端著碗，站在門口，只管出神。

呻吟的聲音，漸漸的輕了，月兒也漸漸的缺了。何彬還是朦朦朧朧的——慈愛的母親，天上的繁星，院子裡的花……他的腦子累極了，竭力的想擯絕這些思想，無奈這些事只管奔湊了來。

過了幾天，呻吟的聲音住了，夜色依舊沈寂著，何彬依舊「至人無夢」的睡著。前幾夜的思想，不過如同曉月的微光，照在冰山的峰尖上，一會兒就過去了。

程姥姥帶著祿兒幾次來叩他的門，要跟他道謝；他好像忘記了似的，冷冷的抬起頭來看了一看，又搖了搖頭，仍去看他的書。祿兒仰著黑胖的臉，在門外張著，幾乎要哭了出來。

這一天晚飯的時候，何彬告訴程姥姥說他要調到別的局裡去了，後天早晨便要起身，請她將房租飯錢，都清算一下。程姥姥覺得很失意，這樣清靜的住客，是少有的，然而究竟留他不得，便連忙和他道喜。他略略的點一點頭，便回身去收拾他的書籍。

他覺得很疲倦，一會兒便睡下了。——忽然聽得自己的門鈕動了幾下，接著又聽見似乎有人用手推的樣子。他不言不動，只靜靜的臥著，一會兒也便渺無聲息。

第二天，他自己又關著門忙了一天，程姥姥要幫助他，他也不肯，只說有事的時候再煩她。程姥姥下樓之後，他忽然想起一件事來，繩子忘了買了。慢慢的開了門，只見人影兒一閃，再看時，祿兒在對面門後藏著呢。他躊躇著四周看了一看，一個僕人都沒有，便喚：「祿兒，你替我買幾根繩子來。」祿兒趦趄的走過來，歡天喜地的接了錢，如飛走下樓去。

不一會兒，祿兒跑的通紅的臉，喘息著走上來，一隻手拿著繩子，一著手背在身後，微微露著一兩點金黃色的星光。他遞過了繩子，仰著頭似乎要說話，那隻手也漸漸的回過來。何彬卻不理會，拿著繩子自己走進去了。

他忙著都收拾好了，握著手周圍看了看，屋子空洞洞的——睡下的時候，他覺得熱極了，便又起來，將窗戶和門，都開了一縫，涼風來回的吹著。

「依舊熱得很。腦筋似乎很雜亂，屋子似乎太沉沈。——累了兩天了，起居上自然有些反常。但是為何又想起深夜的病人。——慈愛的……不想了，煩悶的很！」

微微的風，吹揚著他額前的短髮，吹乾了他頭上的汗珠，也漸漸的將他搧進夢裡去。

四面的白壁，一天的微光，屋角幾堆的黑影。時間一分一分的過去了。

慈愛的母親，滿天的繁星，院子裡的花。不想了，——煩悶……悶……黑影漫上屋頂去，什麼都看不見了，時間一分一分的過去了。

風大了，那壁廂放起光明。繁星歷亂的飛舞進來。星光中間，緩緩的走進一個白衣的婦女，右手撩著裙子，左手按著額前。走近了，清香隨將過來；漸漸的俯下身來看著，靜穆不動的看著，——目光裡充滿了愛。

神經一時都麻木了！起來罷，不能，這是搖籃裡，呀！母親——慈愛的母親。

母親呵！我要起來坐在你的懷裡，你抱我起來坐在你的懷裡。

母親呵！我們只是互相牽連，永遠不互相遺棄。

漸漸的向後退了，目光仍舊充滿了愛。模糊了，星落如雨，橫飛著都聚到屋角的黑影上。

「母親呵，別走，別走！……」

十幾年來隱藏起來的愛的神情，又呈露在何彬的臉上；十幾年來不見點滴的淚兒，也珍珠般散落了下來。

清香還在，白衣的人兒還在。微微的睜開眼，四面的白壁，一天的微光，屋角的幾堆黑影上，送過清香來。——剛動了一動，忽然覺得有一個小人兒，躡手躡腳的走了出去，臨到門口，還回過小臉兒來，望了一望。他是深夜的病人——是祿兒。

何彬竭力的坐起來。那邊綑好了的書籍上面，放著一籃金黃色的花兒。他穿著單衣走了過去，花籃底下還壓著一張紙，上面大字縱橫，藉著微光看時，上面是：

我也不知道怎樣可以報先生的恩德。我在先生門口看了幾次，桌子上都沒有擺著花兒。——這裡有的是賣花的，不知道先生看見過沒有？——這籃子裡的花，我也不知道是什麼名字，是我自己種的，倒是香得很，我最愛它。我想先生也必是愛它。我早就要送給先生了。但是總沒有機會。昨天聽見先生要走了，所以趕緊送來。

我想先生一定是不要的。然而我有一個母親，她因為愛我的緣故，也很感激先生。先生有母親麼？她一定是愛先生的。這樣我的母親和先生的母親是好朋友了。所以先生必要收母親的朋友的兒子的東西。

祿兒叩上

何彬看完了，捧著花兒，回到床前，什麼定力都盡了，不禁嗚咽的痛哭起來。清香還在，母親走了！窗內窗外，互相輝映的，只有月光、星光、淚光。

早晨程姥姥進來的時候，只見何彬都穿著好了，帽兒戴得很低，背著臉站在窗前。程姥姥陪笑著問他用不用點心，他搖了搖頭。——車也來了，箱子也都搬下去了，何彬淚痕滿面，靜默無聲的謝了謝程姥姥，提著一籃的花兒，遂從此上車走了。

祿兒站在程姥姥的旁邊，兩個人的臉上。都堆著驚訝的顏色。看著車塵遠了，程姥姥才回頭對祿兒說：「你去把那間空空屋子收拾收拾，再鎖上門罷，鑰匙在門上呢。」

屋裡空洞洞的，床上卻放著一張紙，寫著：

小朋友祿兒：

我先要深深的向你謝罪，我的恩德，就是我的罪惡。你說你要報答我，我還不知道我應當怎樣的報答你呢！

你深夜的呻吟，使我想起了許多的往事。頭一件就是我的母親，她的愛可以使我止水似的感情，重新蕩漾起來。我這十幾年來，錯認了世界是虛空的，人生是無意識的，愛和憐憫都是惡德。我給你那醫藥費，裡面不含著絲毫的愛和憐憫，不過是拒絕你的呻吟，拒絕我的母親，拒絕了宇宙和人生，拒絕了愛和憐憫。上帝呵！這是什麼念頭呵！

我再深深的感謝你從天真裡指示我的那幾句話。小朋友呵！不錯的，世界上的母親和母親都是好朋友，世界上的兒子和兒子也都是好朋友，都是互相牽連，不是互相遺棄的。

你送給我那一籃花之先，我母親已經先來了。她帶了你的愛來感動我。我必不忘記你的花和你的愛，也請你不要忘了，你的花和你的愛，是借著你朋友的母親帶了來的！

我是冒罪叢過的，我是空無所有的，更沒有東西配送給你。——然而這時伴著我的，卻有悔罪的淚光，半弦的月光，燦爛的星光。宇宙間只有他們是純潔無疵的。我要用一縷柔絲，將淚珠兒穿起，繫在弦月的兩端，摘下滿天的星光來盛在弦月的圓凹裡，不也是一籃金黃色的花兒麼？他的香氣，就是悔罪的人呼籲的言詞，請你收了罷。只有這一籃花配送給你！

天已明了，我要走了。沒有別的話說了，我只感謝你，小朋友，再見！再見！世界上的兒子和兒子都是好朋友，我們永遠是牽連著呵！

何彬草

我寫了這一大段，你未必都認得都懂得：然而你也用不著都懂得，因為你懂得的，比我多得多了——又及。

「他送給我的那一籃花兒呢？」祿兒仰著黑胖的臉兒，呆呆的望著天上。

2・去國

英士獨自一人憑在船頭欄干上，正在神思飛越的時候，一輪明月，照著太平洋浩浩無邊的水。一片晶瑩朗澈，船不住的往前走著，船頭的浪花，濺捲如雪。艙面上還有許多旅客，三三兩兩的坐立談話，或是唱歌。

他心中都被快樂和希望充滿了，回想八年以前，十七歲的時候，父親朱衡是從美國來了一封信，叫他跟著自己的一位朋友，來美國預備學習土木工程，他喜歡得什麼似的。他年紀雖小，志氣極大，當下也沒有一點的猶豫留戀，便辭了母親和八歲的小妹妹，乘風破浪的去到新大陸。

那時還是宣統三年九月，他正走到太平洋的中央，便聽得國內已經起了事。朱衡本是團體中的重要份子，得了這個消息，便立刻回到中國。英士繞了半個地球，也沒有拜見他的父親，只由他父親的朋友，替他安頓清楚，他便獨自在美國留學了七年。

年限滿了，課程也完畢了，他的才幹和思想，本來是很超絕的，他自己又肯用功，因此畢業的成績，是全班的第一，師友們都是十分誇羨，他自己也喜歡的了不得。畢業後不及兩個禮拜，便趕緊收拾了，回到中國。

這時他在船上回頭看了一看，便坐下，背靠在欄干上，口裡微微的唱著國歌。心想：「中國已經改成民國了，雖然共和的程度還是幼稚，但是從報紙上看見說袁世凱想做皇帝，失敗了一次，宣統復辟，又失敗了一次，可見民氣是很有希望的。以我這樣的少年，回到少年時代大有作為的中國，正合了『英雄造時勢，時勢造英雄』那兩句話。我何幸是一個少年，又何幸生在少年的中國，親愛的父母姊妹！親愛的中國！我英士離著你們一天一天的近了。」

思到這裡，不禁微笑著站了起來，在艙面上走來走去，腦中生了無數的幻像，頭一件事就想到慈愛的父母，雖然那溫煦的慈顏，時時湧現目前，但是現在也許增了老態。他們看見了八年遠遊的愛子，不知要怎樣的得意喜歡！「嬌小的妹妹，當我離家的時候，她送我上船。含淚拉著我的手說了『再見』，就伏在母親懷裡哭了，我本來是一點沒有留戀的，那時也不禁落了幾點的熱淚。船開了以後，還看見她和母親，站在碼頭上，揚著手巾，過了幾分鐘，她的影兒，才模模糊糊的看不見了。這件事是我常常想起的，今年她已經——十五——十六了，想是已經長成了一個聰明美麗的女郎，我現在回去了，不知她還認得我不呢？——還有幾個意氣相投的同學小友，現在也不知道他們都建樹了什麼事業？」

他腦中的幻像，頃刻萬變，直到明月走到天中，艙面上玩月的旅客，都散盡了。他也覺得海風銳厲，不可少留，才慢慢的下來，回到自己的房裡，去做那「中國莊嚴」的夢。

兩個禮拜以後，英士提著兩個皮包，一步一步的向著家門走著，淡煙幕靄裡，看見他家牆內幾株柳樹後的白石樓屋，從綠色的窗帘裡，隱隱的透出燈光，好像有人影在窗前搖漾。他不禁樂極，又有一點心怯！走近門口，按一按門鈴，有一個不相識的僕人，走出來開了門，上下打量了英士一番，要問又不敢問。

英士不禁失笑，這時有一個老媽子從裡面走了出來，看見英士，便走近前來，喜得眉開笑道：「這不是大少爺麼？」

英士認出她是妹妹芳士的奶娘，也喜歡的了不得；便道：「原來是吳媽，老爺太太都在家麼？」一面便將皮包遞與僕人，一同走了進去，吳媽道：「老爺太太都在樓上呢，盼得眼都花了。」英士笑了一笑，便問道：「芳姑娘呢？」吳媽道：

「芳姑娘還在學堂裡，聽說他們今天賽網球，所以回來得晚些。」一面說著便上了樓，朱衡和他的夫人，都站在梯口，英士上前鞠了躬，彼此都喜歡得不知說什麼。

進到屋裡，一同坐下，吳媽打上洗臉水，便在一旁看著，夫人道：「英士！你是幾時動身的，怎麼也不告訴一聲兒，芳士還想寫信去問。」英士一面洗臉，一面笑道：「我完了事，立刻就回來，用不著寫信。就是寫信，我也是和信同時到的。」朱衡問道：「我那幾位朋友都好麼？」英士說：「都好，吳先生和李先生還送我上了船，他叫我替他們問你二位老人家好。他們還說請親過年到美國去遊歷，他們都很想望父親的風采。」朱衡笑了一笑。

這時吳媽笑著對夫人說：「太太！看英哥去了這幾年，比老爺還高了，真是長得快。」夫人也笑著望著英士。

英士笑道：「我和美國的同學比起來，還不算是很高的！」

僕人上來問道：「晚飯的時候到了，等不等芳姑？」吳媽說：「不必等了，少爺還沒有吃飯呢！」說著他們便一齊下樓去，吃過了飯，就在對面客室裡，談些別後數年來的事情。

英士便問父親道：「現在國內的事情怎麼樣呢？」朱衡笑了一笑道：「你看報

紙就知道了。」英士又道：「關於鐵路的事業，是不是積極進行呢？」朱衡說：「沒有款項拿甚麼去進行！現在國庫空虛如洗，動不動就是借款。南北兩方，言戰的時候，金錢都用在硝煙彈雨裡，言和的時候，又全用在應酬疏通裡，花錢如同流水一般，那裡還有工夫去論路政？」

英士呆了一呆，說：「別的事業呢？」朱衡道：「自然也都如此了！」夫人笑對英士說：「你何必如此著急？有了才學，不怕無事可做，政府裡雖然現在是窮得很，總不至於長久如此的，況且現在工商界上，也有許多可做的事業，不是一定只看著政府……」英士口裡答應著，心中卻有點失望，便又談到別的事情上去。

這時聽得外面院子裡，有說笑的聲音。夫人望了一望窗外，便道：「芳士回來了！」英士便站起來，要走出去，芳士已經到了客室的門口，剛掀開簾子，猛然看見芳士，覺得眼生，又要縮回去，夫人笑著喚道：「芳士！你哥哥回來了。」芳士才笑著進來，和英士點一點頭，似乎有一點不好意思，便走近母親身旁。

英士看見他妹妹手裡拿著一個球拍，腳下穿著白帆布的橡皮底球鞋，身上是白衣青裙，打扮得非常素淡，精神卻非常活潑，並且兒時的面龐，還可以依稀認出。便笑著問道：「妹妹！你們今天賽球麼？」

芳士道：「是的。」回頭又對夫人說：「媽媽！今天還是我們這邊勝了，他們說明天還要決最後的勝負呢！」

朱衡笑道：「是了！成天裡只玩球，你哥哥回來，你又有了球伴了。」

芳士說：「哥哥也會打球麼？」

英士說：「我打的不好。」

芳士道：「不要緊的，天還沒有大黑，我們等會兒再打球去。」說著，他兄妹二人，果然同向球場去了。屋裡只剩了朱衡和夫人。

夫人笑道：「英士剛從外國回來，興興頭頭的，你何必盡說那些敗興的話，我看他似乎有一點失望。」朱衡道：「這些都是實話，他以後都要知道的，何必瞞他呢？」夫人道：「我看你近來的言論和思想，都非常的悲觀，和從前大不相同，這是什麼原故呢？」

這時朱衡忽然站起來，在屋裡走了幾轉，歎了一口氣，對夫人說：「自從我十八歲父親死了以後，我便入了當時所叫做『同盟會』的。成天裡廢寢忘食，奔走國事，我父親遺下的數十萬家財，被我花去大半。二十年之中，足跡遍天涯，也結識了不少的人，無論是中外的有識人士，我們都是一見如故，『劍外惟餘肝膽在，鏡中應詫頭顱好』，便是我當日的寫照了。……」

夫人忽然笑道：「我還記得從前有一個我父親的朋友，對我父親說：『朱衡這個孩子，鬧的太不像樣了，現在到處都掛著他的像片，緝捕得很緊，拿著了就地正法，你的千金終於是要吃苦的。』便勸我父親解除了這婚約，以後也不知為何便沒有實現。」

朱衡笑道：「我當日滿心是『匈奴未滅何以家為』的熱氣，倒是很願意解約的。不過你父親還看得起我，不肯照辦就是了。」

朱衡又坐下，端起杯茶來，喝了一口茶，點了雪茄，又說道：「當時真是可以當得『熱狂』兩個字，整年整月的，只在刀俎網羅裡轉來轉去，有好幾回都是已瀕於危。就如那次廣州起事，我還是得了朋友的密電，從日本趕回來的，又從上海帶了一箱的炸彈，雍容談笑的進了廣州城。同寅都會了面，起事那一天的早晨，我們都聚在一處，預備出發，我結束好了，端起酒杯來，心中一陣一陣的如同潮捲，也不是悲慘，也不是快樂，大家似笑非笑的熱照了杯，握了握手，慷慨激昂的便一隊一隊的出發了。」

朱衡說到這裡，聲音很顫動，臉上漸漸的紅起來，目光流動，少年時候的熱血，又在他心中怒沸了。

他接著又說：「那天的光景，也記不清了，當時目中耳中，只覺得槍聲刀影，血肉橫飛。到了晚上，一百多人雨打落花似的，死的死，走的走，拿的拿，都散盡了。我一身的腥血，一口氣跑到一個僻靜的地方，將帶去的衣服換上了，在荒草地裡，睡了一覺。第二天一清早，又進城去，還遇見幾個同寅，都改了裝，彼此只慘笑著打個照會。以後在我離開廣州以先，我去到黃花崗上，和我的幾十位同寅，灑淚而別。咳！『戰場白骨艷於花』，他們為國而死，是有光榮的，只可憐大事未成，吾黨少年，又弱幾個了。……還有那一次奉天漢陽的事情，都是你所知道的。當時那樣蹈湯火，冒白刃，今日海角，明日天涯，不過都當它是做了幾場惡夢。現在追想起來，真是叫人啼笑不得，這才是『始而拍案，繼而撫髀，終而攬鏡』了。」說到這裡，不知不覺，便流下兩行熱淚來。

夫人笑道：「那又何苦。橫豎共和已經造成了，功成身隱，全始全終的，又有什麼缺憾呢？」

朱衡猛然站起來說：「要不是造成這樣的共和，我還不至於這樣的悲憤。只可惜我們灑了許多熱血。拋了許多頭顱，只換得一個匾額，當年的辛苦，都成了些空。數千百的同寅，都做了冤鬼。咳！那一年袁皇帝的刺客來見我的時候，我後悔不曾出去迎接他。……」

夫人道：「你說話的終結，就是這一句，真是沒有意思！」

朱衡道：「我本來不說，都是你提起英士的事情來，我才說的。英士年紀輕。閱歷淺，又是新從外國回來，不知這裡一切的景況，我想他那雄心壯志，終久要受打擊的。」

夫人道：「雖然如此，你也應該替他打算。」

朱衡道：「這個自然，現在北京政界裡頭的人，還有幾個和我有交情可以說話的，但是只怕支俸不做事，不合英士的心。……」

這時英士和芳士一面說笑著走了進來，他們父子母女又在一處，說著閒話，直到夜深。

第二天早晨，英士起得很早。看了一會子的報。心中覺得不很痛快；芳士又上學去了，家裡甚是寂靜，英士便出去拜訪朋友，他的幾個朋友都星散了，只見著兩個：一位是縣小學校的教員，一位是做報館裡的訪事，他們見了英士，都不像從前那樣的豪爽，只客客氣氣的談話，又恭維了英士一番。

英士覺得聽不入耳，便問到他們所做的事業，他們只歎氣說：「那裡是甚麼事業，不過都是『飯碗主義』罷了，有什麼建設可言呢？」隨後又談到國事，他們更是十分的感慨，便一五一十的將歷年來國中情形都告訴了。英士聽了，背上如同澆了一盆冷水，便也無話可說，坐了一會，就告辭回來。

回到家裡，朱衡正坐在寫字檯邊寫著信。夫人坐在一邊看書，英士便和母親談話。一會子朱衡寫完了信，遞給英士說：「你說要到北京去，把我這封信帶去，或者就可以得個位置。」

夫人便跟著說道：「你剛回來，也須休息休息，過兩天再去罷。」

英士答應了，便回到自己臥室，將那信放在皮包裡，憑在窗前，看著樓下園子裡的景物，一面將回國後所得的印象，翻來覆去的思想，心中覺得十分的抑鬱。

想到今年春天在美國的時候，有一個機器廠的主人，請他在廠裡作事，薪水很是豐厚，他心中覺得游移不決；因為他自己新發明了一件機器，已經畫出圖樣來，還沒有從事製造，若是在廠裡作事，正是一個製造的好機會。但是那時他還沒有畢業，又想畢業以後趕緊回國，不願將歷年所學的替別國效力，因此便極力的推辭。那廠主還留戀不捨的說：「你回國以後，如不能有什麼好機會，還請到我們這裡來。」英士姑且答應著，以後也就置之度外了。

這時他想：「如果國內真個沒有什麼可做的，何不仍去美國，一面把那機器製成了，豈不是完了一個心願。」忽然又轉念說：「怪不得人說留學生一回了國，便無志了。我回來才有幾時，社會裡的一切狀況，還沒有細細的觀察，便又起了這去國的念頭。總是我自己沒有一點毅力，所以不能忍耐，我如再到美國，也叫別人笑話我，不如明日就到北京，看看光景再說罷。」

這時芳士放學回來，正走到院子裡，抬頭看見哥哥獨自站在窗口出神，便笑道：「哥哥今天沒有出門麼？」英士猛然聽見了，他便笑道：「我早晨出門已經回來了，你今日為何回來的早？」芳士說：「今天是禮拜天，我們照例是放半天學。哥哥如沒有事，請下來替我講一段英文。」英士便走下樓去。

第二天的晚車，英士便上北京了，火車風馳電掣的走著，他還嫌慢，恨不得一時就到！無聊時只憑在窗口，觀看景物。只覺過了長江以北，氣候漸漸的冷起來，大風揚塵，驚沙撲面，草木也漸漸的黃起來，人們的口音也漸漸的改變了。

還有兩件事，使英士心中可笑又可憐的，就是北方的鄉民，腦後大半都垂著髮辮。每到火車的時候，更有無數的叫化子，向人哀哀求乞，直到開車之後，才漸漸的聽不見他們的悲聲。

英士到了北京，便帶著他父親的信去見某總長，去了兩次，都沒有見著。去的太早了，他還沒有起床，太晚了又碰著他出門了，到了第三回，才出來接見，英士將那一封信呈上。他看完了先問：「尊大人現在都好麼？我們是好久沒見面了。」接著便道：「現在部裡人浮於事，我手裡的名條還有幾百，實在是難以安插。外人不知道這些苦處，還說我不照顧戚友，真是太難了。但我與尊大人的交情，不比別人，你既是遠道而來，自然應該極力設法，請稍等兩天，一定有個回信。」

英士正要同他說自己要想做點實事，不願意得虛職的話，他接著說：「我現在還要上國務院，少陪了。」便站了起來，英士也只得起身告辭。

一個禮拜以後，還沒有回信，英士十分著急，又不便去催。又過了五天，便接到一張委任狀，將他補了技正。英士想技正這個名目，必是有事可做的，自己甚是喜歡，第二天上午，就去部裡到差。

這時鐘正八點。英士走進部裡，偌大的衙門，還靜悄悄的沒有一個辦公的人員，他真是納悶，也只得在技正室裡坐著，一會兒又站起來，在屋裡走來走去。

過了十點鐘，才陸陸續續的又來了幾個技正，其中還有兩位是英士在美國時候的同學，彼此見面都很喜歡。未曾相識的，也介紹著見過了，便坐下談起話來。

英士看錶已經十點半，便道：「我不耽擱你們的時候了，你們快辦公事罷！」他們都笑了道：「這便是公事了。」英士很覺得怪訝，問起來才曉得技正原來是個閒員，無事可做，技正室便是他們的談話室，樂意的時候來畫了到，便在一處閒談，消磨光陰；否則有時不來也不要緊的。

英士道：「難道國家自出薪俸，供養我們這般留學生？」

他們歎氣說：「那裡是我們願意這樣。無奈衙門裡實在無事可做，有這個位置還算是好的，別的同學也有做差遣員的，職位又低，薪水更薄，那沒有人情的，便都在裁撤之內了。」

英士道：「也是你們願意株守。為何不出去自己做些事業？」他們慘笑說：「不用提了，起先我們幾個人，原是想辦一個工廠。不但可以振興實業，也可以救濟貧民。但是辦工廠先要有資本，我們都是妙手空空，所以雖然章程已經訂出，一切的設備，也都安排妥當，只是這股本卻是集不起來，過了些日子，便也作為罷論了。」

這場談話，把英士滿心的高興完全打消了，時候到了，只得無精打采的出來。

英士的同學同事們，都住在一個公寓裡，英士便也搬進公寓裡面去。成天裡早晨去到技正室，談了一天的話，晚上回來，同學便都出去遊玩，直到夜裡一兩點鐘，他們才陸陸續續的回來。有時他們便在公寓裡打牌鬧酒，都成了習慣；支了薪水，都消耗在飲博閒玩裡。

英士回國的日子尚淺，還不曾沾染這種惡習，只自己在屋裡燈下獨坐看書閱報，卻也覺得淒寂不堪，有時睡夢中醒來，只聽得他們猜拳行令，喝雉呼盧，不禁悲從中來。

然而英士總不能規勸他們，因為每一提及，他們更說出好些牢騷的話，以後英士便也有時出去疏散，晚涼的時候，到中央公園茶桌上閒坐，或是在樹底下看書，禮拜日便帶了照相匣獨自騎著驢子出城，去看玩各處的名勝，照了不少的風景片，寄與芳士。有時也在技正室裡，翻譯些外國雜誌上的文章，向報館投稿去，此外就無事可幹了。

有一天，一個同學悄悄的對英士說：「你知道我們的總長要更換了麼？」英士說：「我不知道，但是更換總長，與我們有什麼相干？」同學笑道：「你為何這樣不明白世故，衙門裡頭，每換一個新總長，就有一番的更動。我們的位置，恐怕不牢，你自己快設法運動罷。」英士微微的笑了一笑，也不說甚麼。

那麼正是正月十五，公寓裡的人，都出去看熱鬧，只剩下英士一人，守著寂寞的良宵，心緒如潮。他想：「回國半年以後，差不多的事情，我都已經明白了，但是我還留連不捨的不忍離去。因為我八年的盼望，總不甘心落個這樣的結果，還是盼著萬一有事可為。半年之中，百般忍耐，不肯隨波逐流，捲入這惡社會的漩渦裡去。不想如今卻要把真才實學，撇在一邊，拿著昂藏七尺之軀，去學那奴顏婢膝的行為，壯志雄心，消磨殆盡。咳！我何不幸是一個中國的少年，又何不幸生在今日的中國……」

他想到這裡，神經幾乎錯亂起來，便回頭走到爐邊，拉過一張椅子坐下，凝神望著爐火。看著它熾紅漸漸的昏暗下去，又漸漸的成了死灰。這時英士心頭冰冷，只扶著頭坐著，看著爐火，動也不動。

忽然聽見外面敲門，英士站起來，開了門，接進一封信來。燈下拆開一看，原來是芳士的信，說她今年春季卒業，父親想送她到美國去留學，又說了許多高興的話。信內還夾著一封美國工廠的來信，仍是請他去到美國，並說如蒙允諾，他立刻出發等等，他看完了，呆立了半天，忽然咬著牙說：「去罷！不如先到美國去，把那件機器造成了，也正好和芳士同行。只是……可憐呵！我的初志，決不是如此的，中國呵！不是我英士棄絕了你，乃是你棄絕了我英士啊！」

這時英士雖是已經下了這去國的決心，那眼淚卻如同斷線的珍珠一般滾了下來。耳邊還隱隱的聽見街上的笙歌陣陣，滿天的爆竹聲音，點綴這太平新歲。

第二天英士便將辭職的呈文遞上了，總長因為自己快要去職，便不十分挽留，當天的晚車，英士辭了同伴，就出京了。

到家的時候，樹梢雪壓，窗戶裡仍舊透出燈光，還聽得琴韻錚錚。英士心中的苦樂，卻和前一次回家大不相同了。走上樓去，朱衡和夫人正在爐邊坐著，寂寂無聲的下著棋，芳士卻在窗前彈琴。看見英士走了上來，都很奇怪。英士也沒說什麼，見過了父母，便對芳士說：「妹妹！我特意回來，要送你到美國去。」

芳士喜道：「哥哥！是真的麼？」英士點一點頭。

夫人道：「你為何又想到美國去。」英士說：「一切的事情，我都明白了，在國內株守，太沒有意思了。」朱衡看著夫人微微的笑了一笑。英士又說：「前天我將辭職呈文遞上了，當天就出京的，因為我想與其在國內消磨了這少年的光陰，沾染這惡社會的習風，久而久之，恐怕就不可藥救。不如先去到外國，做一點實事，並且可以照應妹妹，等到她畢業了，我們再一同回來，豈不是一舉兩得？」

朱衡點一點首說：「你送妹妹去也好，省得我自己又走一遭。」芳士十分的喜歡道：「我正愁父親雖然送我去，卻不能長在那裡。沒有親人照看著，我難免要想家的，這樣是最好不過的了！」

太平洋浩浩無邊的水，和天上明明的月，還是和去年一樣。英士憑在欄干上，心中起了無限的感慨。芳士正在那邊和同船的女伴談笑，回頭看見英士凝神望遠，似乎起了什麼感觸，便走過來笑著喚道：「哥哥！你今晚為何這樣的悵悵不樂？」

英士慢慢的回過頭來，微微笑說：「我倒沒有什麼不樂，不過今年又過太平洋，卻是我萬想不到的。」芳士笑道：「我自小就盼著什麼時候，我能像哥哥那樣『扁舟橫渡太平洋』，那時我才得意喜歡呢，今天果然遇見這光景了，我想等我學成歸國的時候，一定有可以貢獻的，也不枉我自己切望了一場。」

這時英士卻拿著悲涼懇切的目光，看著芳士說：「妹妹！我盼望等你回去時候的那個中國，不是我現在所遇見的這個中國，那就好了！」

3．兩個家庭

前兩個多月，有一位李博士來到我們學校，演講「家庭與國家關係」。提到家庭的幸福和苦痛，與男子建設事業能力的影響，又引證許多中西古今的故實，說得痛快淋漓。

當下我一面聽，一面速記在一個本子上，完了會已到下午四點鐘，我就回家去了。路上車上，我還是看那本筆記。

忽然聽見有一個小姑娘的聲音叫我說：「姐姐！來我們家裡坐坐。」抬頭一看，已經走到舅母家門口，小表妹也正放學回來；往常我每回到舅母家，必定說一兩段故事給她聽，所以今天她看見我，一定要拉我進去。

我想明天是星期日，今晚可以不預備功課，無妨在這裡玩一會兒，就下了車，同她進去。

舅母在屋裡做活，看見我進來，就放下針線，拉過一張椅子，叫我坐下。一面笑說：「今天難得你有工夫到這裡來，家裡的人都好麼？功課忙不忙？」我也笑著答應一兩句，還沒有等到說完，就被小表妹拉到後院裡葡萄架底下，叫我和她一同坐在椅子上，要我說故事。

我一時實在想不起來，就笑說：「古典都說完了。只有今典你聽不聽？」她正要回答，忽然聽見有小孩子啼哭的聲音。我要亂她的注意，就問說：「妹妹！你聽誰哭呢？」她回頭向隔壁一望說：「是陳家的大寶哭呢？我們看一看去。」就拉我走到竹籬旁邊，又指給我看說：「這一個院子就是陳家，那個哭的孩子，就是大寶。」

舅母家和陳家的後院，只隔一個竹籬，本來籬笆上面攀緣著許多扁豆葉子，現在都枯落下來；表妹說是陳家的幾個小孩子，把豆根拔去了，因此只有幾片的黃葉子掛在上面，看過去是清清楚楚的。

陳家的後院，對著籬笆，是一所廚房，裡面看不清楚，只覺得牆壁被炊煙薰得很黑。外面門口，堆著許多什物，如破磁盆之類。院子裡晾著幾件衣服。廊子上有三個老媽子，廊子底下有三個小男孩。不知道他們弟兄為什麼打吵，那個大寶哭得很厲害，他的兩個弟弟也不理他，只管坐在地上，抓土捏小泥人玩耍。那幾個老媽子也咕咕噥噥的不知說些什麼。

表妹悄悄的對我說：「他們老媽子真可笑，各人護著各人的少爺，因此也常常打吵。」

這時候陳太太從屋裡出來，挽著一把頭髮，拖著鞋子，睡眼惺忪，容貌倒還美麗，只是帶著十分嬌惰的神氣。一出來就問大寶說：「你哭什麼？」同時那兩個老媽子把那兩個小男孩抱走，大寶一面指著他們說：「他們欺負我，不許我玩！」陳太太啐了一聲：「這一點事也值得這樣哭，李媽也不勸一勸！」

李媽低著頭不知道說些什麼，陳太太一面坐下，一面擺手說：「不用說了，橫豎你們都是不管事的，我花錢雇你們來作什麼，難道是叫你們幫著他們打架麼？」說著就從袋裡抓出一把銅子給了大寶說：「你拿了去跟李媽上街玩去罷，哭的我心裡不耐煩，不許哭了！」大寶接了銅子，擦了眼淚，就跟李媽出去了。

陳太太回頭叫王媽，就又有一個老媽子，拿著梳頭匣子，從屋裡出來，替她梳頭。當我注意陳太太的時候，表妹忽然笑了，拉我的衣服，小聲說：「姐姐！看大寶一手的泥，都抹到臉上去了！」

過一會子，陳太太梳完了頭。正在洗臉的時候，聽見前面屋裡電話的鈴響。王媽去接了，出來說：「太太，高家來催了，打牌的客都來齊了。」

陳太太一面擦粉，一面說：「你說我就來。」隨後也就進去。

我看得忘了神，還只管站著，表妹說：「他們都走了，我們走罷。」

我搖手說：「再等一會兒，你不要忙！」

十分鐘以後。陳太太打扮的珠圍翠繞的出來，走到廚房門口，右手扶在門框上，對廚房裡的老媽說：「高家催的緊，我不吃晚飯了，他們都不在家，老爺回來，你告訴一聲兒。」說完了就轉過前面去。

我正要轉身，舅母從前面來了，拿著一把扇子，笑著說：「你們原來在這裡，樹陰底下比前院涼快。」我答應著，一面一同坐下說些閒話。

忽然聽有皮鞋的聲音，穿過陳太太屋裡，來到後面廊子上。表妹悄聲對我說：「這就是陳先生。」只聽見陳先生問道：「劉媽，太太呢？」劉媽從廚房裡出來說：「太太剛到高家去了。」

陳先生半天不言語。過一會兒又問道：「少爺們呢？」劉媽說：「上街玩去了。」陳先生急了，說：「快去叫他們回來。天都黑了還不回家。而且這街市也不是玩的去處。」

劉媽去了半天，不見回來。陳先生在廊子，踱來踱去，微微的歎氣，一會子又坐下。點上雪茄，手裡拿著報紙，卻抬頭望天凝神深思。

又過了一會兒，仍不見他們回來，陳先生猛然站起來，扔了雪茄，戴上帽子，拿著手杖逕自走了。

表妹笑說：「陳先生又生氣走了。昨天陳先生和陳太太拌嘴，說陳太太不像一個當家人，成天裡不在家，他們爭辯以後，各自走了。他們的李媽說，他們拌嘴不止一次了。」

舅母說：「人家的事情，你管他作什麼，小孩子家，不許說人！」

表妹笑著說：「誰管他們的事，不過學舌給表姊聽聽。」舅母說：「陳先生真也特別，陳太太並沒有什麼大不好的地方，待人很和氣，不過年輕貪玩，家政自然就散漫一點，這也是小事，何必常常動氣！」

談了一會兒，我一看錶，已經七點半，車還在外面等著，就辭了舅母，回家去了。

第二天早起，梳洗完了，母親對我說：「自從三哥來到北京，你還沒有去看看，昨天上午亞蒨來了，請你今天去呢。」——三哥是我的叔伯哥哥，亞蒨是我的同學，也是我的三嫂。

我在中學的時候，她就在大學第四年級，雖只同學一年，感情很厚，所以叫慣了名字，便不改口。

我很願意去看看他們，午飯以後就坐車去了。

他們住的那條街上很是清靜，都是書店和學堂。到了門口，我按了鈴，一個老媽出來，很乾淨伶俐的樣子，含笑的問我：「姓什麼？找誰？」我還沒有答應，亞蒨已從裡面出來，我們見面，喜歡的了不得，拉著手一同進去。

六年不見，亞蒨更顯得和藹靜穆了，但是那活潑的態度，仍然沒有改變。

院子裡栽了好些花，很長的一條小徑，從青草地上穿到臺階底下。上了廊子，就看見葦簾的後面籐椅上，一個小男孩在那裡擺積木玩。漆黑的眼睛，緋紅的腮頰，不問而知是聞名未曾見面的侄兒小峻了。

亞蒨笑說：「小峻，這位是姑姑。」他笑著鞠了一躬，自己覺得很不自然，便回過頭去，仍玩他的積木，口中微微的唱歌。進到中間屋子，窗子綠陰遮滿，幾張洋式的椅桌，一座鋼琴，幾件古玩，幾盆花草，幾張圖畫和照片，錯錯落落的點綴得非常靜雅。右邊一個門開著，裡面幾張書櫥，磊著滿滿的中西書籍。

三哥坐在書桌旁邊正寫著字，對面的一張椅子，似乎是亞蒨坐的。我走了進去，三哥站起來，笑著說：「今天禮拜！」我道：「是的，三哥為何這樣忙？」三哥說：「何嘗是忙，不過我同亞蒨翻譯了一本書，已經快完了，今天閒著，又拿出來消遣。」

我低頭一看，桌上對面有兩本書，一本是原文，一本是三哥口述亞蒨筆記的，字跡很草率，也有一兩處改抹的痕跡。在桌子的那一邊，還磊著幾本也都是亞蒨的字跡，是已經翻譯完成的。

亞蒨微微笑說：「我那裡配翻譯書，不過藉此多學一點英文就是了。」我說：「正合了梁任公先生的一句詩『紅袖添香對譯書』了。」大家一笑。

三哥又喚小峻進來。我拉著他的手，和他說話，覺得他應對很聰明，又知道他是幼稚生，便請他唱歌。他只笑著看著亞蒨。亞蒨說：『你唱罷，姑姑愛聽的。』他便唱了一節，聲音很響亮，字句也很清楚，他唱完了，我們一齊拍手。

隨後，我又同亞蒨去參觀他們的家庭，覺得處處都很潔淨規則，在我目中，可以算是第一了。

下午兩點鐘的時候，三哥出門去訪朋友，小峻也自去睡午覺。我們便出來，坐在廊子上，微微的風，送著一陣一陣的花香。亞蒨一面織著小峻的襪子，一面和我談話。

一會兒，三哥回來了，小峻也醒了，我們又在一處遊玩。夕陽西下，一抹晚霞，映著那燦爛的花，青綠的草，這院子裡，好像一個小樂園。

晚餐的餚菜，是亞蒨整治的，很是可口。我們一面用飯，一面望著窗外。小峻已經先吃過了，正在廊下捧著沙土，堆起幾座小塔。

門鈴響了幾聲，老媽子進來說：「陳先生來見。」三哥看了名片，便對亞蒨說：「我還沒有吃完飯，請我們的小招待員去領他進來罷。」亞蒨站起來喚道：「小招待員，有客來了！」小峻抬起頭來說：「媽媽，我不去，我正蓋塔呢！」亞蒨笑著說：「這樣，我們往後就不請你當招待員了。」小峻立刻站起來說：「我去，我去。」一面抖去手上的塵土，一面跑了出去。

陳先生和小峻連說帶笑的一同進入客廳，——原來這位就是住在舅母隔壁的陳先生——這時三哥出去了，小峻便進來。天色漸漸的黑暗，亞蒨捻亮了電燈，對我說：「請你替我說幾段故事給小峻聽。我要去算賬了。」說完了便出去。

我說著「三隻熊」的故事，小峻聽得很高興，同時我覺得他有點倦意，一看手錶，已經八點了。我說：「小峻，睡覺去罷。」他揉一揉眼睛，站了起來，我拉著他的手，一同進入臥室。

他的臥房實在有趣，一色的小床小傢具，小玻璃櫃子裡排著各種的玩具，牆上掛著各種的圖畫，和他自己所畫的剪的花鳥人物。

他換了睡衣，上了小床，便說：「姑姑，出去罷，明天見。」我說：「你要燈不要？」他搖一搖頭，我把燈捻下去，自己就出來了。

亞蒨獨坐在臺階上，看見我出來，笑著點一點頭。我說：「小峻真是膽子大，一個人在屋裡也不害怕，而且也不怕黑。」

亞蒨笑說：「我從來不說那些神怪悲慘的故事，去刺激他的嬌嫩的腦筋。就是天黑，他也知道那黑暗的原因，自然不懂得什麼叫做害怕了。」

我也坐下，看著對面客室裡的燈光很亮，談話的聲音很高。這時亞蒨又被老媽子叫去了，我不知不覺的就注意到他們的談話上面去。

只聽三哥說：「我們在英國留學的時候，覺得你很不是自暴自棄的一個人，為何現在有了這好閒縱酒的習慣？我們的目的是什麼，希望是什麼，你難道就忘了麼？」

陳先生的聲音很低說：「這個時勢，不遊玩，不拼酒，還要做什麼，難道英雄有用武之地麼？」

三哥歎了一口氣說：「這話自是有理，這個時勢，就有滿腔的熱血，也沒處去灑，實在使人灰心。但是大英雄，當以赤手挽時勢，不可為時勢所挽。你自己先把根基弄壞了，將來就有用武之地，也不能做個大英雄，豈不是自暴自棄？」

這時陳先生似乎是站起來，高大的影子，不住在窗前搖漾，過了一會說：「也難怪你說這樣的話，因為你有快樂，就有希望。不像我沒有快樂，所以就覺得前途非常的黑暗了！」這時陳先生的聲音裡，滿含憤激悲慘。

三哥說：「這又奇怪了，我們一同畢業，一同留學，一同回國。要論職位，你還比我高些，薪俸也比我多些，至於素志不償，是彼此一樣的，為何我就有快樂，你就沒有快樂呢？」

陳先生就問道：「你的家庭什麼樣子？我的家庭什麼樣子？」三哥便不言語。陳先生冷笑說：「大概你也明白……我回國以前的目的和希望，都受了大打擊，已經灰了一半的心，並且在公事房終日閒坐，已經十分不耐煩。好容易回到家裡，又看見那淩亂無章的家政，兒啼女哭的聲音，真是加上我百倍的不痛快。我內人是個宦家小姐，一切的家庭管理法都不知道，天天只出去應酬宴會，孩子們也沒有教育，下人們更是無所不至。我屢次的勸她，她總是不聽，並且說我，『不尊重女權』『不平等』『不放任』種種誤會的話。我也曾決意不去難為她，只自己獨力的整理改良。無奈我連米鹽的價錢都不知道，並且也不能終日坐在家裡，只得聽其自然。因此經濟上一天比一天困難，兒女也一天比一天放縱，更逼得我不得不出去了！既出去了，又不得不尋那劇場酒館熱鬧喧囂的地方，想以猛烈的刺激，來衝散心中的煩惱。這樣一天一天的過去，不知不覺的就成了習慣。每回到酒館的燈滅了，劇場的人散了。更深夜靜，踽踽歸來的時候，何嘗不覺得這些事不是我陳華民所應當做的？然而……咳！峻哥呵！你要救救我才好！』這時已經聽見陳先生嗚咽的聲音。三哥站起來走到他面前。

門鈴又響了，老媽進來說我的車子來接我了，便進去告辭了亞蒨，坐車回家。

兩個月的暑假又過去了，頭一天上學從舅母家經過的時候，忽然看見陳宅門口貼著「吉屋招租」的招貼。

放學回來剛到門口，三哥也來了，衣襟上綴著一朵白紙花，臉上滿含著悽惶的顏色，我很覺得驚訝，也不敢問，彼此招呼著一同進去。

母親不住的問三哥：「亞蒨和小峻都好嗎？為什麼不來玩玩？」

這時三哥臉上才轉了笑容，一面把那朵白紙花摘下來，扔在字紙簍裡。

母親說：「亞蒨太過於精明強幹了，大事小事，都要自己親手去做，我看她實在太忙。但我卻從來沒有看見過她有一毫勉強慌急的態度，匆忙憂倦的神色，總是喜喜歡歡從從容容的。這個孩子，實在可愛！」

三哥說：「現在用了一個老媽，有了幫手了，本來亞蒨的意思還不要用。我想一切的粗活，和小峻上學放學路上的照應，亞蒨一個人是決然做不到的。並且我們中國人的生活程度還低，雇用一個下人，於經濟上沒有什麼出入，因此就雇了這個老媽，不過在粗活上，受亞蒨的指揮，並且亞蒨每天晚上還教她念字片和『百家姓』，現在名片上的姓名和賬上的字，也差不多認得一多半了。」

我想起了一件事，便說：「是了，那一天陳先生來見，給她名片，她就知道是姓陳。我很覺得奇怪，卻不知是亞蒨的學生。」

三哥忽然歎了一口氣說：「陳華民死了，今天開弔，我剛從那裡回來。」

——我才曉得那朵白紙花的來歷，和三哥臉色不好的緣故——母親說：「是不是留學的那個陳華民？」

三哥說：「是。」母親說：「真是奇怪，像他那麼一個英俊的青年，也會死了，莫非是時症？」

三哥說：「那裡是時症，不過因為他這個人，太聰明了，他的目的希望，也太過於遠大。在英國留學的時候養精蓄銳的，滿想著一回國，立刻要把中國旋轉過來。誰知回國以後，政府只給他一名差遣員的缺，受了一月二百塊錢無功的俸祿，他已經灰了一大半的心了。他的家庭又不能使他快樂，他就天天的拼酒，那一天他到我家裡去，嚇了我一大跳。從前那種可敬可愛的精神態度，都不知丟在那裡去了，頭也垂了，眼光也散了，身體也虛弱了，我十分的傷心，就恐怕不大好，因此勸他常常到我家裡來談談解悶，不要再拼酒了，他也不聽。並且說：『感謝你的盛意，不過我一到你家，看見你的兒女和你的家庭生活，相形之下，更使我心中難過，不如……』以下也沒說什麼，只有哭泣，我也陪了許多眼淚。以後我覺得他的身子，一天一天的軟弱下去，便勉強他一同去到一個德國大夫那裡去察驗身體。大夫說他已得了第三期肺病，恐怕不容易治好。我更是擔心，勉強他在醫院住下，慢慢的治療，我也天天去看望他。誰知上禮拜一晚上，我去看他就是末一次了……」

說到這裡，三哥的聲音顫動的很厲害，就不再往下說。

母親歎了一口氣說：「可惜可惜！聽說他的才幹和學問，連英國的學生都很妒羨的。」

三哥點一點頭，也沒有說什麼。這時我想起陳太太來了，我問：「陳先生的家眷呢？」三哥說：「要回到南邊去了。聽說他的經濟很拮据，債務也不能清理，孩子又小，將來不知怎麼過活！」母親說：「總是她沒有受過學校的教育，否則也可以自立。不過她的娘家很有錢，她總不至於十分吃苦。」三哥微笑說：「靠弟兄總不如靠自己！」

三哥坐一會兒，便回去了，我送他到門口，自己回家，心中很有感慨。隨手拿起一本書來看看，卻是上學期的筆記，末頁便是李博士的演說，內中的話就是論到家庭的幸福和苦痛，與男子建設事業能力的影響。

4・三年

湖水是凝然不動的如同一缸濃濃的綠酒。湖風甜迷迷的無力的吹著。湖柳，被水薰的被風吹的也醉了，懶洋洋的不時颳起幾絲長條來，又困倦的垂下了。柳葉中的蟬兒，從酣夢中斷續中發出幾聲短吟，膠黏的，迷糊的，好似醉人的囈語。

槃自己半臥在臨湖廊邊的長椅上，心裡也懶迷迷的，起不了意想的波紋，只覺得一團的甜，柔、濃、重，壓著他的四圍，壓著他的心身一切。

廊子的那邊，放著三張籐椅子，中間一張小籐桌子，罩著細麻繡白花的桌布，上面三付杯盤，幾碟子細點，一瓶紅玫瑰花。這都是青睡前親手熨貼的，她是怎樣一個嬌柔而可意的妻子呵！

他想到這裡，微笑的欠伸一下，她這時正在樓上睡著午覺呢！一朵海棠似的，軟欹在玉椀之中。為著她倦了，為著禁止自己去攪醒她，才獨自一人跑到樓下來的。

這湖光，這香氣，這心情，好像是三年前海外的一個夏日：——上帝祝福這一天！——那天也是這樣黏，這樣濃，這樣重，只不像今天這樣的心思有著！那時自己還在校裡，午後睡得昏昏忽忽的，夕陽西下時，霖來了，——上帝祝福這個朋友！——叫他一同泛舟去。霖臉上洗得白淨白淨的，穿著雪白的帆布褲子，雪白的敞領的襯衣，落霞射在他的身上，如同白蓮花一般的英挺嫵媚。

檠笑說：「你必有了約會罷？何必又拉上我？」

霖笑著從床上扯起他：「你猜得對，只是這位小姐不比別人，她是不肯兩個人出去的。我就想起你，讓你也開開眼！」

整衣換鞋，同霖去了。接到了她，又一同走入街角的一間冰淇淋店裡，三人坐下，才敢抬起頭來：對面是一件白得玲瓏的上衣，衣領上一個圓圓的綠玉的別針，映著那小小的欲笑的紅脣，再上去，是一雙黑大黑大的眼睛！凝眸時如同不起波瀾的黑海，流動處如同空中飛走的黑星……

出了冰淇淋店，上了船，湖上泛到月出，又送她回去，——這一切，都迷迷糊糊的，心裡只覺得亂，回來做了一夜白的，綠的，紅的，黑的夢！

霖告訴他，她是今年新來的，她的名字叫做青，他們在國內，就認識的，不過青是這麼一個過分聰明的女孩子，所以他們的關係，在青處處客氣之下，至今還是朋友。

此後呢，說來話長，桀和霖當然還是極好的朋友，可是三年之中彼此都傷過心。一切都委之於青的結果，是青和桀的交情，漸漸的由朋友而戀人，由戀人而同度蜜月了！

因著這天氣，桀又抱歉似的，想起他好友來了，這時不知霖在那裡。自己給他寄去一張喜帖，從他家裡轉的，也許收到了罷？……

極清脆的履聲，從樓上下來了。桀剛回過頭來，青已走到樓梯轉角處，她微俯著那薪月般纖纖的身段，用手去理梯柱上盆裡的鳳尾草。——她已換了一身白到玲瓏的衣裙！

桀站起喚一聲「青！」她抬起頭來，衣領上一個圓圓的綠玉的別針，映著那小小欲笑的紅唇，一雙睡後的光輝四射的眼睛，如同泛著情波的深大的黑海！

桀倒凝然了。青已燕子似的掠到身邊來：「你也睡了一會兒罷？樓下倒比樓上涼快。」她沒有等到桀的回答，又飄然的走到茶桌旁邊去。

槃只微笑著看著她。青坐下了：「該吃茶了罷？我今天請了一位茶客，你猜是誰？」

槃也走過來：「我猜……」

青笑了，笑得清脆：「你猜！你猜不到，我昨天在湖邊遇見霖了！」

槃愕然了，一坐就坐在桌角上：「在湖邊？」

「對了，在湖邊，就是你同船夫算錢的時候。我先上岸，看見他獨自一個在茶桌上吃茶。我告訴他我們在這裡，他答應今天下午來，他因為要看醫生，先走了，沒有見著你。」

「霖怎會在這裡，他不是……」

「是的，他是旅行著，在火車上病了，就歇了下來。他也想不到我們在這裡，昨天他看見我，顯出萬分的驚訝。——好，我們又到一處了，可憐的病中的霖，我可以安慰他，是不是？」

槃默然，隨手從桌上拿起一把小銀匙來，玩弄著：「他病了，你若體恤他，就不該請他今天來……」

「今天？有什麼要緊？這會兒太陽也不毒了，他昨天這時候還坐在湖邊呢！」

槃不言語。

「你這人真奇悄，霖不是你最好的朋友麼？你彷彿不喜歡他來喝茶似的，我們若沒有他，還走不到一塊兒呢！三年前和今日一樣的一天，你記得？」青巧笑著走到槃椅邊來。

槃仍舊玩弄著銀匙：「太陽毒不毒倒沒有關係，一個病的男子比不病的女人還壯呢！——只因霖是我最好的朋友，我才不喜歡他今天來喝茶。」

「這是什麼年月了，你還存著顧忌的心。你是個得勝者，應當有得勝者的同情與寬大！」

「我並沒有顧忌的心，從頭我就沒有顧忌的心。我體恤他，所以不願意他來領受我的同情與寬大！」

青看著槃，笑了：「你不用遮掩，假若我是你呢，我就願意我的朋友或情敵，到我幸福的空氣中來，我煥發的精神，無聲的呼喚著說：『看呵，看我們的幸福。』」青說著一轉身就坐在槃的膝上。

槃輕輕的撫著她，面容卻沈寂了下來：「青，一個高尚男子純正的愛情是不容玩弄摧殘的，你知道他是怎樣的愛過你，你也知道他現在是怎樣的悵惘。你的虛榮心，想顯出我們的幸福，你的好奇心，想採取他的哀傷。這兩種心理，做成了這段溫柔的殘忍！青，你仍不免是一個完全的女性！」

青急紅了臉，站了起來：「你不要冤枉我，我請他的時候，就沒有想到這些——」

檠拉住她：「我知道——我是想到霖一方面，他是這麼一個深情的朋友，又是這麼一個坦白的情敵，我愛他，我同情他，——假若我是你，我就不請！」

「假若你是他？」

「我就不來——至少是今天不來！」

「…………」

樓梯邊的電話鈴響了。

檠看一看錶：「是喝茶的時候了，這準是霖打來的電話，你去接。」

青忸怩的笑了：「我不，你去！」

檠搖頭笑說：「是你請的，我不管！」

電話鈴響了半天又住了，住了一會兒又響起來了。

檠只笑著坐著不動，青只得走了過去。

「你是青？」

「是呀，你怎麼還不來，槃和我都等著你！」

「哦？——今天天氣真好，有湖水，有船，和三年前的那一天差不多，你還記得罷？」

青看著槃笑說：「是呢，我和槃剛談起，巧極了，我穿的也是三年前的那套衣裳。」

「還帶著一個綠玉別針，是不是？——槃呢？」

「他就在這裡，你要同他說話麼？」

「不，你告訴他——我今天不來了！」

十二，九，一九二九，北平

5・冬兒姑娘

「是呵，謝謝您，我喜，您也喜，大家同喜！太太，您比在北海養病，我陪著您的時候，氣色好多了，臉上也顯著豐滿！日子過的多麼快，一轉眼又是一年了。提起我們的冬兒，可是有了主兒了，我們的姑爺在清華園當茶役，這年下就要娶。姑爺歲數也不大，家裡也沒有什麼人。可是您說的「大喜」，我也不為自己享福，看著她有了歸著，心裡就塌實了，也不枉我吃了十五年的苦。

「說起來真像故事上的話，您知道那年慶王爺出殯，……那是那一年？……我們冬兒她爸爸在海淀大街上看熱鬧，這麼一會兒的工夫就丟了。那天我們兩個人倒是拌過嘴，我還當是他賭氣進城去了呢，也沒找他。過了一天，兩天，三天，還不來，我才慌了，滿處價問，滿處價打聽，也沒個影兒。也求過神，問過卜，後來一個算命的，算出說他是往西南方去了，有個女人絆住他，也許過了年會回來的。我稍微放點心，我想，他又不是小孩子，又是本地人，那能說丟就丟了呢，沒想到……如今已是十五年了！

「那時候我們的冬兒才四歲。她是「立冬」那天生的，我們就這麼一個孩子。她爸爸本來在內務府當差，什麼雜事都能做，糊個棚呀幹點什麼的，也都有碗飯吃。自從前清一沒有了。我們就沒了落兒了。我們十幾年的夫妻，沒紅過臉，到了那時實在窮了，才有時急得彼此抱怨幾句，誰知道這就把他逼走了呢？

「我抱著冬兒哭了三整夜，我哥哥就來了，說：『你跟我回去，我養活著你。』太太，您知道，我哥哥家那些個孩子，再加上我，還帶著冬兒，我嫂子嘴裡不說，心裡還能喜歡麼？我說：『不用了，說不定你妹夫他什麼時候也許就回來，冬兒也不小了，我自己想想法子看。』我把他回走了。以後您猜怎麼著，您知道圓明園裡那些大柱子，臺階兒的大漢白玉，那時都有米鋪裡雇人來把它砸碎了，糁在米裡，好添分量，多賣錢。我那時就天天坐在那漫荒野地裡砸石頭。一邊砸著石頭，一邊流眼淚。冬天的風一吹，眼淚都凍在臉上了。回家去，冬兒自己爬在炕上玩，有時從炕上掉了下來，就躺在地下哭。看見我，她哭，我也哭，我那時那一天不是眼淚拌著飯吃的！

「去年北海不是在『霜降』那天下的雪麼？我們冬兒給我送棉襖來了，太太您記得？傻大黑粗的，眼梢有點往上吊著？這孩子可是厲害，從小就是大男孩似的，一直到大也沒改。四五歲的時候，就滿街上和人抓子兒、押攤、耍錢，輸了就打人、罵人，一街上的孩子都怕她！可是有一樣，雖然蠻，她還講理。還有一樣，也還孝順，我說什麼，她聽什麼，我呢，只有她一個，也輕易不說她。

「她常說：『媽，我爸爸撇下咱們她兒倆走，你還想他呢？你就靠著我得了。我賣雞子、賣柿子、賣蘿蔔，養活著你，咱們娘兒倆廝守著，不比有他的時候還強麼？你一天裡淌眼抹淚的，當的了什麼呀？』真的，她從八九歲就會賣雞子，上清河販雞子去，來回十七八里地，挑著小挑子，跑的比大人還快。她不打價，說多少錢就多少錢，人和她打價，她挑起挑兒來就走，頭也不回。可是價錢也公道，海淀這街上，誰不是買她的？還有一樣，買了別人的，她就不依，就罵。

「不賣雞子的時候，她就賣柿子，花生。說起來還有可笑的事呢，您知道西苑常駐兵，這些小販子就怕大兵，賣不到錢還不算，還常捱打受罵的。她就不怕大兵，一早晨就挑著柿子什麼的，一直往西苑去，坐在那操場邊上，專賣給大兵。一個大錢也沒讓那些大兵欠過。大兵凶，她更凶，凶的人家反笑了，倒都讓著她。等會兒她賣夠了，說走就走，人家要買她也不給。那一次不是大兵追上門來了？我在院子裡洗衣裳，她前腳進門，後腳就有兩個大兵追著，嚇得我們一跳，我們一院子裡住著的人，都往屋裡跑。大兵直笑直嚷著說：『冬兒姑娘，冬兒姑娘，再賣給我們兩個柿子。』她回頭把挑兒一放，兩隻手往腰上一叉說：『不賣給你，偏不賣給你，買東西就買東西，誰和你們嘻皮笑臉的！你們趁早給我走！』我嚇得直哆嗦！誰知道那兩個大兵倒笑著走了。您瞧這孩子的膽！

「那一年，她有十二三歲，張宗昌敗下來了，他的兵就駐在海淀一帶。這張宗昌的兵可窮著呢，一個個要飯的似的，襪子鞋都不全，得著人家兒就拍門進去，翻箱倒櫃的，還管是住著就不走了。海淀這一帶有點錢的都跑了，大姑娘小媳婦兒的，也都走空了。我是又窮又老，也就沒走，我哥哥說：『冬兒倒是往城裡躲躲罷。』您猜她說什麼，她說：『大舅舅，您別怕，我媽不走，我也不走，他們吃不了我，我還要吃他們呢！』可不是她還吃上大兵麼？她跟他們後頭走隊唱歌的，跟他們混得熟極了，她那一天不吃著他們那大籠屜裡蒸的大窩窩頭？

「有一次，也闖下禍──那年她是十六歲了，──有幾個大兵從西直門往西苑拉草料，她叫人家把草料卸在我們後院裡，她答應晚上請人家喝酒。我是一點也不知道，她在那天下午就躲開了。晚上那幾個大兵來了，嚇得我要死！知道冬兒溜了，他們恨極了，拿著馬鞭子在海淀街上找了她三天。後來虧得那一營兵開走了，才算沒有事。

「冬兒是躲到她姨兒，我妹妹家去了。我的妹妹家住在藍旗，有個菜園子，也有幾口豬，還開個小雜貨鋪。那次冬兒回來了，我就說：『姑娘你歲數也不小了，整天價和大兵搗亂，不但我擔驚受怕，別人看著也不像一回事，你說是不是？你倒是先住在你姨兒家去，給她幫幫忙，學點粗活，日後自然都有用處……』她倒是不刁難，笑嘻嘻的就走了。

「後來，我妹妹來說：『冬兒倒是真能幹，真有力氣，澆菜，餵豬，天天一清早上西直門取貨，回來還來得及做飯。做事是又快又好，就是有一樣，脾氣太大！稍微的說她一句，她就要回家。』真的，她在她姨兒家住不上半年就回來過好幾次，每次都是我勸著她走的。不過她不在家，我也有想她的時候。那一回我們後院種的幾棵老玉米，剛熟，就讓人拔去了，我也沒追究。冬兒回來知道了，就不答應說：『我不在家，你們就欺負我媽了！誰拔了我老玉米，快出來認了沒事，不然，誰吃了誰嘴上長疔！』她坐在門檻上直直罵了一下午，末後有個街坊老太太出來笑著認了，說：『姑娘別罵了，是我拔的，也是鬧著玩。』這時冬兒倒也笑，說：『您吃了就告訴我媽一聲，還能不讓您吃嗎？明人不做暗事，您這樣叫我們小孩子瞧著也不好！』一邊說著，這才站起來，又往她姨兒家裡跑。

「我妹妹沒有兒女。我妹夫就會耍錢，不做事。冬兒到他們家，也學會了打牌，白天做活，晚上就打牌，也有一兩塊錢的輸贏，她打牌是許贏不許輸，輸了就罵。可是她打的還好，輸的時候少，不然，我的這點兒親戚，都讓她給罵斷了！

「在我妹妹家兩年，我就把她叫回來了，那就是去年，我跟您到北海去，叫她回來看家。我不在家，她也不做活，整天裡自己做了飯吃了，就把門鎖上，出去打牌。我聽見了，心裡就不痛快。您從北海一回來，我就趕緊回家去，說了她幾天，勾起胃口疼來，就躺下了。我妹妹來了，給我請了個瞧香的，來看了一次，她說是因為我那年為冬兒她爸爸許的願，沒有還，神仙就罰我病了。冬兒在旁邊聽著，一聲兒也沒言語。唯知道她後腳就跟了香頭去，把人家家裡神仙牌位一頓都砸了，一邊還罵著說：『還什麼願！我爸爸回來了麼？就還願！我砸了他的牌位，他敢罰我病了，我才服！』大家死勸著，她才一邊罵著，走了回來。我妹妹和我知道了，又氣，又害怕，又不敢去見香頭。誰知後來我倒也好了，她也沒有什麼。真是，『神鬼怕惡人』……

「我哥哥來了，說：『冬兒年紀也不小了，趕緊給她找個婆家罷，「惡事傳千里」，她的厲害名兒太出遠了，將來沒人敢要！』其實我也早留心了，不過總是高不成低不就的。有個公公婆婆的，我又不敢答應，將來總是麻煩，人家那能像我似的，什麼都讓著她？那一次有人給提過親，家裡也沒有大人，孩子也好，就是時辰不對，說是犯尅。那天我合婚去了，她也知道，我去了回來。她正坐在家裡等我，看見我就問：『合了沒有？』我說：『合了，什麼都好，就是那頭命硬，說是尅丈母娘。』她就說：『那可不能做！』一邊說著又拿起錢來，出去打牌去了。我又氣，又心疼。這會兒的姑娘都臉大，說話沒羞沒臊的！

「這次總算停當了，我也是一塊石頭落了地！

「謝謝您，您又給這許多錢，我先替冬兒謝謝您了！等辦過了事，我再帶他們來磕頭。……您自己也快好好的保養著，剛好別太勞動了，重複了可不是玩的！我走了，您，再見。」

十一，二十八夜，一九三三。

6・第一次宴會

C教授來的是這樣的倉猝，去的又是這樣的急促。楨主任在C教授遊頤和園之後，離開北京之請他吃頓晚飯；他們在國外的交誼，是超乎師生以上的。瑛常從楨的通訊和談話裡摸擬出一個鬢髮如銀，聲音慈藹的老者。她對於舉行這個宴會，表示了完全的同意。

新婚的瑛——或者在婚前——是早已虛擬下了她小小家庭裡一個第一次宴會：壁爐裡燃著松枝，熊熊的喜躍的火焰，映照得客廳裡細緻的椅桌，發出烏油的嚴靜的光亮；廳角的高桌上，放著一盞淺藍帶穗的罩燈；在這含暈的火光和燈光之下，屋裡的一切陳設，地毯、窗帘、書櫃、瓶花、壁畫、爐香……無一件不妥貼，無一不溫甜。主婦呢，穿著又整齊、又莊美的衣服，黑大的眼睛裡，放出美滿驕傲的光；掩不住的微笑浮現在薄施脂粉的臉上；她用著銀鈴般清朗的聲音，在客人中間，周旋，談笑。

如今呢，母親的病，使她比楨後到了一個月。五天以前，才趕回這工程未竟的「愛巢」裡來。開門滿屋子都是油漆氣味，牆壁上的白灰也沒有乾透，門窗戶扇都不完全，院子裡是一堆雜亂的磚石灰土！

在這五天之中，她和楨僅僅將重要的傢具安放好了位置。白天裡樓上樓下是滿了工人、油漆匠、玻璃匠、木匠……連她也認不清是什麼人做什麼事，只得把午睡也犧牲了，來指點看視。到了夜裡，她和楨才能慢慢的從她帶來的箱子裡，理出些應用的陳設，如鐘、蠟台、花瓶之類，都堆在桌上。

喜歡款待的她，對於今天下午不意的宴會，發生了無限的躊躇。一種複雜的情感，縈繞在她的心中。她平常虛擬的第一次宴會，是沒有實現的可能了！這小小的「愛巢」裡，只有光潔的四壁，和幾張椅桌。地毯還都綑著放在樓上，窗帘也沒有做好，畫框都重疊的立在屋角……

下午楨又陪C教授到頤和園去，只有她一個……

她想著不覺的把眉頭蹙了起來，沉吟了半晌，沒有言語。預備到城裡去接C教授的楨，已經穿好了衣服，戴上了帽子。回頭看見瑛躊躇的樣子，便走近來在她頰上輕輕的吻了一下，說：「不要緊的，你別著急，好歹吃一頓飯就完了，C教授也知道，我們是新搬進來的。自然諸事都能原諒。」

瑛推開他，含顰的笑道：「你躲出去了，把事都推在我身上，回頭玩夠了頤和園，再客人似的來赴席，自然你不著急了！」

楨笑著站住道：「要不然，我就不去，在家裡幫你，或是把這宴會取消了，也使得，省得你太忙累了，晚上又頭痛。」

瑛抬起頭來：「笑話！你已請了人家了，怎好意思取消？你去你的，別耽擱了，晚上宴會一切只求你包涵點就是了。」

楨笑著回頭要走，瑛又叫住他：「陪客呢，你也想出幾個人。」楨道：「你斟酌罷，隨便誰都成，你請的總比我請的好。」

楨笑著走了，那無愁的信任的笑容，予瑛以無量的膽氣。瑛略一凝神，叫廚師父到外面定一桌酒席，要素淨的。回來把地板用柏油擦了，到樓上把地毯都搬下來。又吩咐蘇媽將畫框、釘子、箱子等都放在一處備用。一面自己披上外套，到隔壁江家去借電話。

她一面低頭走著，便想出了幾個人：許家夫婦是C教授的得意門生；N女士美國人，是個善談的女權論者；還有華家夫婦，在自己未來之先，楨在他們家裡借住過，他們兩位都是很能談的；李先生是楨的同事，新從美國回來的；衛女士是她的好友，結婚時的伴娘……，這些人平時也都相識的，談話不至於生澀。十個人了，正好坐一桌！

被請的人，都在家，都能來，只衛女士略有推託，讓她說了幾句，也笑著說：「奉陪。」她真喜歡極了。在江家院子裡，摘了一把玫瑰花，叫僕人告訴他們太太一聲，就趕緊回來。

廚師父和蘇媽已把屋中都收拾乾淨，東西也都搬到樓下來了。這個中年的用人，以好奇的眼光來看定他們弱小的主婦，看她如何佈置。瑛覺得有點不好意思！她先指揮著把地毯照著屋子的顏色鋪好；再把畫框拿起，一一凝視，也估量著大小和顏色分配在各屋子裡；書櫃裡亂堆的書，也都整齊的排立了，蠟台上插了各色的蠟燭；花瓶裡也都供養了鮮花。

一切安排好了之後，把屋角高桌上白絹畫藍龍的電燈一開，屋裡和兩小時以前大不相同了。她微笑著一回頭，廚師父和蘇媽從她喜悅的眼光中領到意旨了，他們同聲的說：「太太這麼一調動，這屋裡真好看了！」

她笑了一笑，「廚師父把壁爐生了火，要旺旺的，蘇媽跟我上樓來開箱。」

杯、箸、桌布、卡片的立架，閩漆咖啡的杯子，一包一包都打開了。蘇媽從紙堆裡檢出來，用大盤子托著，瑛打發她先下樓擺桌子去，自己再收拾臥室。

天色漸漸的暗下來了。捻開電燈，撥一撥亂紙堆中觸到了用報紙包著沉甸甸的一束。打開了一看，是幾個喇叭花形的花插子，重疊著套在一起，她不禁呆住了！

電光一閃似的，她看見了病榻上瘦弱倉白的母親，無力的背倚著床欄，含著淚說：「瑛，你父親太好了，以至做了幾十年的官，也不能好好的賠送你！我呢，正經的首飾也沒有一件，金鐲子和玉鬢花，前年你弟弟出洋的時候，都作了盤費了。只有一朵珠花，還是你外祖母的，珠花不大，去年拿到珠寶店去估，說太舊了，每顆只值兩三塊錢。好在你平日也不愛戴首飾，把珠子拆下來，和弟弟平分了，作個紀念罷！將來他定婚的時候……」

那時，瑛已經幽咽不勝了，勉強抬起頭笑著說：「何苦來拆這些，我從來不用……」

母親不理她，仍舊說下去：「那邊小圓桌上的銀花插，是你父親的英國朋友M

先生去年送我生日的。M先生素來是要好看的，這個想來還不便宜。老人屋裡擺什麼花草，我想也給你。」

隨著母親的手看去，圓桌上玲瓏地立著一個光耀奪目的銀花插，盤繞圓座子，朝上開著五朵喇叭花，花筒裡插著綢製的花朵。母親又說：「收拾起來的時候，每朵喇叭花是可以脫卸下來的，帶著走也方便。」

是可給的都給了女兒了，她還是萬般的過意不去。覺得她唯一的女兒，瑛這次的婚禮，一切都太簡單了、太隨便了！首飾沒有打做新的，衣服也只添置了幾件；新婚沒有洞房，只在山寺裡過了花燭之夜！

這原都是瑛自己安排的，母親卻覺得有無限的慚愧，無限的抱歉。覺得是自己精神不濟，事事由瑛敷衍忽略過去。和父親隱隱的談起贈嫁不足的事，總在微笑中墜淚。父親總是笑勸說：「做父親的沒有攢錢的本領，女兒只好吃虧了。我賠送瑛，不是一箱子的金錢，乃是一肚子的書——而且她也不愛那些世俗的東西。」

母親默然了，她雖完全同情於她正直廉潔的丈夫，然而總覺得在傍人眼前，在自己心裡，解譬不開。

瑛也知道母親不是要好看，講面子，乃是要將女兒妥貼周全的送出去。要她小小的家庭裡，安適，舒服，應有盡有，這樣她心裡才覺得一塊石頭落了地。瑛嫁前的年月，才可以完完滿滿的結束了。

這種無微不至的慈愛，每一想起，心裡便深刻的酸著。她對於病中的母親，只有百般的解說，勸慰。實際說，她小小的家庭裡已是應有盡有了。母親要給她的花插，她決定請母親留下。

在母親病榻前陪伴了兩個月終於因為母親不住的催促，說她新居一切待理。她才忍著心腸，匆匆的北上；別離的早晨，她含淚替母親梳頭，母親強笑道：「自昨夜起，我覺得好多了，你去儘管放心……」

她從鏡中偷看母親痛苦的面容，知道這是假話，也只好低頭答應，眼淚卻止不住滾了下來；臨行竟不能向母親拜別，只向父親說了一聲，回身便走。父親追出欄干外來，向樓下喚著：「到那邊就打電報……」她從車窗裡抬頭看見父親蒼老的臉上，充滿了憂愁無主……

這些事，在她心裡，如同尖刀刻下的血痕，在火車上每一憶起，就使她嗚咽。她竟然後悔自己不該結婚，否則就可以長侍母親了，「嫁出去的女兒，潑出去的水！」不但她自己情牽兩地，她母親也不肯讓她多留滯了。

到北方後，數日極端的忙逼，把思親之念，剛剛淡了一些，這銀花插突然地又把無數的苦愁勾起！她竟不知步履艱難的母親，何時把這花插一一的脫卸了，又謹密的包好？又何時把它塞在箱底？——她的心這時完全的碎了，慈愛過度的可憐的母親！

她哭了多時，勉強收淚的時節，屋裡已經黑得模糊了。她趕緊把亂紙揉起塞到箱裡去，把花插安上，拿著走下樓來，在樓梯邊正遇著蘇媽。

蘇媽說：「桌子都擺好了，只是中間少個花盤子。……」

瑛一揚手，說道：「這不是銀花插，你把我摘來的玫瑰插上，再配上綠葉就可以了。」

蘇媽雙手接過，笑道：「這個真好，又好看，又合式，配上那銀卡片架子和杯箸，就好像是全套似的。」

瑛自己忙去寫了卡片，安排座位。C教授自然是首座，在自己的右邊。擺好了扶著椅背一看，玲瓏的滿貯著清水的玻璃杯，全副的銀盤盞，銀架上立著的紅色的卡片，配上桌子中間的銀花插裡紅花綠葉，光彩四射！客室裡爐火正旺，火光中的一切，竟有她擬想中的第一次宴會的意味。

心裡不住的喜悅起來，匆匆又上了樓，將臥室匆匆的收拾好，便忙著洗臉、剔甲、更衣……一件蓮灰色的長衣，剛從箱裡拿了出來，也忘了叫蘇媽熨一熨，上面略有些皺紋，時間太逼，也只好將就的穿了；怪不得那些過來人說做了主婦，穿戴的就不能怎樣整齊講究了。未嫁以前的她，赴一個宴會，盥洗、更衣，是要耗去多少時候呵！

正想著，似乎窗外起了鏦錚的琴聲，推窗一看，原來外面下著滴瀝秋雨，雨點打著鉛簷，奏出清新的音樂。「喜悅中的心情，竟有這最含詩意的誤解！」她微笑著，「楨和C教授已在歸途中罷？」她又不禁擔心了。

剛把淡淡的雙眉描好，院子裡已聽見人聲。心中一跳，連忙換了衣服，在鏡裡匆匆又照了一照，便走下樓去。楨和C教授拿著外衣和帽子站在客室中間，看見瑛下來，楨連忙的介紹：「這位是C教授——這是我的妻。」C教授灰藍的眼珠裡，泛著慈祥和愛的光。頭頂微禿。極客氣的微僂著同她握手。

她帶著C教授去放了衣帽，指示了洗手的地方。剛要轉身走入客室，一抬頭遇著了楨的驚奇歡喜的眼光！這眼光竟是情人時代的表情，瑛忽然不好意思的低下頭去。楨握著她的雙手，附在她耳邊說：「愛，真難為你，我們剛進來的時候，我還以為是走錯了地方呢！這樣整齊，這樣美，——不但這屋裡的一切。你今晚也特別的美，淡淡的梳粧，把三日來的風霜都洗淨了。」瑛笑了，掙脫了手，「還不換雙鞋子去呢，把地毯都弄髒了！」楨笑著自己上樓去。

C教授剛洗好了手出來，客人也陸續的來了。瑛忙著招呼介紹，大家團團的坐下。楨也下來了，瑛讓他招待客人，自己又走到廚房裡，催早些上席，C教授今晚還要趕進城去。

席間C教授和她款款的談話，聲音極其低婉，吐屬也十分高雅。自然，瑛覺得他是一個極易款待的客人，並不須人特意去引逗他的談鋒。只他筷子拿得不牢，餚菜總是夾不到嘴。瑛不敢多注意他，怕他不好意思；抬起頭來，眼光恰與長桌那端的楨相觸，楨往往給她以溫存的微笑。

大家談著各國的風俗，漸漸引到婦女問題、政治問題，都說得很歡暢。瑛這時倒默然了，她覺得有點倦，只靜靜的聽著。

C教授似乎覺得她不說話，就問她許多零碎的事，她也便提起精神來，去年從楨的信裡，知道C教授喪偶，就不問他太太的事了。只問他有幾位兒女，現在都在那裡。C教授微微的笑說：「我麼？我沒有兒女——」

瑛忽然覺得不應如此發問，這馴如羊的老者，太孤單可憐了！她連忙接過來說：「沒有兒女最好，兒女有時是個累贅。」

C教授仍舊微笑著，眼睛卻凝注著桌上的花朵，慢慢的說：「按理我們不應當說這話，但看我們的父母，並不以我們為累贅。……」

瑛瞿然了，心裡一酸，再抬不起頭來。恰巧C教授滑掉了一隻筷子，她趁此連忙彎下腰去，用餐巾拭了眼角；拾起筷子來，還給C教授。從潤濕的眼裡望著桌子中間的銀花插，覺得一花一葉，都射出刺眼的寒光！

席散了，隨便坐在廳裡啜著咖啡。窗外雨仍不止，衛女士說太晚了，要先回去。李先生也起來要送她。好在路不遠，瑛借給她一雙套鞋，他們先走了。許家和華家都有車子在外面等著，坐一會子，也都站起告辭。N女士住的遠一點，C教授說他進城的汽車正好送她。

大家忙著穿衣戴帽。C教授站在屋角，柔聲的對她說，他如何的喜愛她的小巧精緻的家庭，如何的感謝她倉猝中為他預備的宴會，如何的欣賞她為他約定的陪客，最後說：「楨去年在國外寫博士論文的時候，真是廢寢忘食的苦幹。我當初勸他不要太著急，太勞瘁了，回頭趕出病來，他也不聽我的話，如今我知道了他急於回國的理由了，我一點不怪他！」

說著他從眼角裡慈靄的笑著，瑛也含羞的笑了一笑。

開起堂門，新寒逼人，瑛抱著肩，站在楨的身後，和大家笑說再見。

車聲一一遠了，楨捻滅了廊上的電燈，攜著瑛的手走進客廳來，兩人並坐在爐前的軟椅上。楨端詳著楨的臉，說：「你的眼邊又起黑圈了，先上樓休息去，餘事交給我罷！——告訴你，今天我心裡有說不出的感謝和得意……」

瑛站起來，笑說：「夠了，我都知道了！」說著便翩然的走上樓去。

一面卸著妝，心中覺得微微的喜悅，第一次的宴會是成功的過去了！因著忙這宴會，倒在這最短的時間內，把各處都擺設整齊了。如今這一個小小的家庭裡，圍繞著他們盡是些軟美溫甜的空氣。……

又猛然的想起她的母親來了。七天以前，她自己還在那闃然深沉的樓屋裡，日光隱去，白燕在籠裡也縮頸不鳴。父親總是長吁短嘆著。婢僕都帶著愁容，母親灰白著臉頹臥在小床上，每一轉側，都引起夢中劇烈的呻吟……

她哭了，她痛心的恨自己！在那種淒涼孤單的環境裡，自己是決不能離開的，不應離開的。而竟然接受了母親的催促，竟然利用了母親偉大的、體恤憐愛的心，而飛向她夫婿這邊來！

母親犧牲了兒女在身旁的慰安和舒適，不顧了自己時刻要人扶掖的病體，甚至掙扎著起來，偷偷的在女兒箱底放下了那銀花插，來完成這第一次的宴會！

她抽噎的止不住了，頹然的跪到床邊去。她感謝，她懺悔，她祈禱上天，使母親所犧牲，所賜與她的甜美和柔的空氣，能從禱告的馨香裡，波紋般的蕩漾著，傳回到母親那邊去！

聽見楨上樓的足音了，她連忙站起來，拭了眼淚：「楨是個最溫存最同情的夫婿，被他發覺了，徒然破壞他一天的歡喜與和平……」

楨進來了，笑問：「怎麼還不睡？」近前來細看她的臉，驚的攬著她道：「你怎麼了？又有什麼感觸？」

瑛伏在他的肩上，低低的說：「沒有什麼，我——我今天太快樂了！」

一九二九年十一月三十日於北平

7・愛的實現

詩人靜伯到這裡來消夏，已經是好幾次了。這起伏不斷的遠山，和澄藍的海水，是最幽雅不過的。他每年夏日帶了一年中積蓄的資料來，在此完成他的傑作。現在他所要開始著作的一篇長文，題目是「愛的實現」。

他每日早起，坐在藤蘿垂拂的廊子上，握著筆，伸著紙。濃陰之下，不時的有嗡嗡的蜜蜂，和花瓣，落到紙上，他從沈思裡微微著用筆尖挑開去。矮牆外起伏不定的漾著微波。驕陽下的蟬聲，一陣陣的叫著。這些聲音，都緩緩的引出他的思潮，催他慢慢的往下寫。

沙地上索索的腳步聲音，無意中使他抬起頭來。只見矮牆邊一堆濃黑的頭髮，繫著粉紅色綾結兒，走著跳著就過去了。後面跟著的卻只聽見笑聲，看不見人影。

他又低下頭去寫他的字，筆尖兒移動得很快。他似乎覺得思想加倍的活潑，文字也加倍的有力，能以表現出自己心裡無限的愛的意思。——一段寫完了，還只管沈默的微笑的想。——海波中，微風裡，漾著隱現的濃黑的髮兒，歡笑的人影。

金色的夕陽，照得山頭一片的深紫，沙上卻仍蓋著矗立的山影。潮水下去了，石子還是潤明的。詩人從屋裡出來，拂了拂桌子，又要做他下午的功課。

笑聲又來了，詩人拿著筆站了起來。牆外走著兩個孩子：那女孩挽著她弟弟的頭兒，兩個人的頭髮和腮頰，一般的濃黑緋紅，笑窩兒也一般的深淺。腳步細碎的走著。走得遠了，還看得見那女孩子雪白的臂兒，和她弟弟背在頸後的帽子，從白石道上斜刺裡穿到樹蔭中去了。

詩人又坐下，很輕快的寫下去，他寫了一段筆歌墨舞的愛的實現。

晚風裡，天色模糊了。詩人捲起紙來，走下廊子，站在牆兒外。沙上還留著餘熱。石道盡處的樹蔭中，似乎還隱現著雪白的臂兒和飄揚的帽帶。

他天天清早和黃昏，必要看見這兩個孩子。他們走到這裡，也不停留，只跳著走著的過去。詩人也不叫喚他，只寂寞的望著他們，來了，過去了，再低下頭去，蘊含著無限的活潑歡欣，去寫他的愛的實現。

時候將到了，他就不知不覺的傾耳等候那細碎的足音，潑活的笑聲。從偶然到了願望──熱烈的願望。

四五天過去了，他覺得若沒有這兩個孩子，他的文思就遲滯了，有時竟寫不下去。他們是海潮般的進退。有恆的，按時的，在他們不知不覺之中，指引了這作家的思路。

這篇著作要脫稿了，只剩下末尾的一段收束。

早晨是微陰的天，陽光從雲隙裡漏將出來。他今天不想寫了，只坐在廊下休息。漸漸的天又陰了。兩個孩子舉著傘，從牆外過去。

傍晚忽然黑雲堆積起來，風起了。一閃一閃的電光，穿透濃雲，接著雷聲隆隆的在空中鼓盪。海波兒小山般彼此推擁著，白沫幾乎侵到欄邊來。他便進到屋裡去，關上門，捻亮了燈。無聊中打開了稿紙，從頭看了看，便坐下，要在今晚完成這篇愛的實現。──一剎那頃忽然想起了那兩個活潑玲瓏的孩子。

他站起來了，皺著眉在屋裡走來走去。又扶著椅背站著，「早晨他們是過去了，難道這風雨的晚上，還看得見他們回來麼？他們和愛的實現有什麼……難道終竟寫不下去？」他轉過去，果決的坐下，伸好了紙，拿起筆來──他只用筆微微的敲著墨盒出神。

窗外的雨聲，越發的大了，簷上好似走馬一般。雨珠兒繁雜的打著窗上的玻璃；風吹著溼透的樹枝兒，帶著密葉，橫掃廊外欄杆，簌簌亂響。他遲疑著看一看錶，時候還沒有到，他覺得似乎還有一線的希望。便站起來，披上雨衣，開了門，走將出去。

雨點迎面打來，風腳迎面吹來，門也關不上了；他低下頭，便走入風雨裡，溼軟的泥濘，沒過了他的腳面，他一直走去，靠著牆兒站著。從沈黑中望著他們的去路。風是冷的，雨是涼的，然而他心中熱烈的願望，竟能抵抗一切，使他堅凝的立在風雨之下。

一匝的大雨過去了，樹兒也穩定了。那電光還不住的在漆黑的天空中，畫出光明的符咒，一閃一閃的映得樹葉兒上新綠照眼。——忽然聽得後面笑聲來了，回過頭來，電光裡，矮矮的一團黑影，轉過牆隅來。再看時又隱過去了。他依舊背著風站著。

第二匝大雨來了，海波濛濛，他手足淋得冰冷，不能再等候了。只得繞進牆兒，跳上臺階來，拭乾臉上的水珠兒。——只見自己的門開著，門外張著一把溼透的傘。

往裡看時，燈光之下，書桌對面的搖椅上，睡著兩個夢裡微笑的孩子。女孩兒雪白的左臂，垂在椅外，右臂卻作了哥哥的枕頭。散拂的髮兒，也罩在弟弟的臉上，綾花已經落在椅邊。她弟弟斜靠著她的肩，短衣下露出微白的小腿。在這驚風暴雨的聲中，安穩的睡著。屋裡一切如故。只是桌上那一捲稿紙，卻被風吹得散亂的落在地下。

他迷惘失神裡，一聲兒不響。脫下了雨衣，擦了擦鞋，躡著腳走進來。拾起地上的稿紙，捲著握在手裡，背著臂兒，凝注著這兩個夢裡微笑的孩子。

這時他思潮重復奔湧，略不遲疑的回到桌上，撿出最後的那一張紙來，筆不停揮的寫下去。

雨聲又漸漸的住了，燈影下兩個孩子欠伸著醒了過來。滿屋的書，一個寫字的人，怎麼到這裡來了？避著雨怎樣就睡著了？惺忪的星眼對看著。怔了一會，慢慢的下了椅子，走出門外。拿起傘來從滴瀝的雨聲中，並肩走了。

外邊卻是泥濘黑暗，涼氣逼人。——詩人看著他們自來自去，卻依舊一聲兒不響。只無意識的在已經完成的椅子後面，縱橫著寫了無數的「愛的實現」。

8・姑姑

「她真能恨得我咬牙兒！我若有神通，真要一個掌心雷，將她打得淋漓粉碎！」他實在急了，本是好好地躺著呆想，這時禁不住迸這一句話來。

我感著趣味了，卻故意的仍一面寫著字，一面問說：「她是誰，誰是她？」

他氣忿忿的說：「她是姑姑。」說著又咬牙笑了。

我仍舊不在意的：「哦，不是姊姊妹妹，卻是姑姑。」

他一翻身坐起來說：「不是我的姑姑，是一個同學的姑姑。」

我說：「你就認了人家的，好沒出息！認得姊姊妹妹也好一點呀……。」

他抱起膝來，倚在床欄上，他抱起膝來，倚在床欄上，說：「你聽我說，真氣人！我上一輩子欠她的債——可是，我是真愛她。」

我放下筆看著他：「哦，你真愛她……」

他又站起來了：「我不愛她，還不氣她呢！她是個魔女，要多美有多美，要多壞有多壞！自從愛慕她以來，也不知受了多少氣了。我希望她遇見一位煞神般的婆婆，沒日沒夜的支使欺負她，才給我出這口氣！」

我看他氣的樣子，不禁笑說：「你好好說來，你多會兒認得她？怎麼愛她的？她怎麼給你氣受？都給我說，我給你評評理。」

他又坐下了，低頭思索，似乎有說來話長的神氣，末了歎一口氣，說：「我真認命了！去年大約也是這春天的時候，神差鬼使去放風箏，碰見她姪兒同她迎頭走來，正打個照面，好一個美人胎子！她姪兒說：『好，你有風箏，咱們一齊去，——這是我姑姑。』我頭昏腦亂的叫了一聲，這一叫便叫死了，她其實比我還小一歲呢。我同她姪兒舉著風箏在前走，連頭都不敢回，到了草地上，便放起來。誰知從那時起便交惡運，天天放得天高的風箏，那天竟怎麼放也放不起來，我急得滿頭是汗，她坐在草地悠然的傲然的笑說：『這風箏真該拆了，白跑半天。』笑聲脆的鳥聲似的；我一陣頭昏，果然一頓腳把風箏踏爛了，回家讓哥哥說了一頓！

「倒霉事剛起頭呢，我從此不時的找她姪兒去。她姪兒也真乖覺，總是敲我竹槓，託我買東買西。要不是，就有算學難題叫我替他做，我又不敢不替他做。每回找他之前，總是想難題想得頭痛，交卷時她姪兒笑臉相迎，他姑姑又未必在家。」

我不禁笑了出來，說：「活該！活該！」

他皺眉笑說：「你聽下去呀！女孩子真乾淨，天天這一身白衣裳黑裙子，整齊得烏金白銀似的，從一樹桃紅花底下經過，簡直光艷得照人！我正遇見了，倒退三步，連鞠躬都來不及，我呢，竹布長衫，襟前滿的是泥土，袖底都是黑痕，腳上的白鞋也成了黑的了。她頭也不回的向前走，俏利的眼光，一瞥之間，露出了鄙夷的樣子。我急了，回來抱怨李媽今早不給我長衫換。她咕唧著說：『平常三天一換都嫌早，今天怎麼又乾淨起來了？打扮什麼，二爺！娶媳婦還早著呢，小小的年紀！』偏生哥哥又在廊下聽見了，笑著趕追來說：『娶媳婦還早著呢，二爺！』把我羞哭了。

「第二天穿一件新電光灰布衫子，去看她姪兒。他不在家，剪頭髮去了。姑姑卻站在院子裡餵鳥兒，看見我笑說：『不巧了，我姪兒剛出去，你且坐下，他一會兒就回來。』我搭訕的在下旁站著，這女孩子怎麼越來越苗條！也許病瘦了罷，風前站著彷彿要吹起來似的。我正胡想，她忽然笑說：『你這件新灰布衫子真合式。』我臉紅一笑，從此我每到她家總穿這件灰衫。她卻悄悄的對她姪兒笑話我自開天闢地以來，只穿得這一件衣服，大約是晚上脫下來洗，天一亮，就又穿上。這話偏生又讓我聽見了，氣得要死！」

我噗嗤的笑了出來！

「還有一次，我在她家裡同她姪兒玩，回家來出門的時候，遇見她從親戚家回來，她說：『對不起，沒有恭接你，你明天再來罷。』我那天本有一點不舒服，第二天一早卻念念不忘的掙扎著去了，她卻簡直沒有露面。我回來病了三天，病中又想她，又咒她，等到病好，禁不住又去看看，誰知她也病了，正坐在坑沿上吃粥，黃瘦的臉兒，比平時更為嬌柔可憐。我的氣早丟在九霄雲外。她抬頭看見我，有氣沒力的笑說：『姑姑病了，你怎麼連影兒也不見。』我惶愧不堪，心中只不住的怨自己連病都不挑好日子！

「她喜歡長春花，我把家裡的都摘了送給她。哥哥碰見就叨叨說：『她是你的娘！你這樣糟蹋母親心愛的花兒孝敬她！』哥哥對她實在沒有感情！但是，哥哥也實在沒有看見過她，只知道我有個新認的姑姑而已。我仗著膽兒說：『這花兒橫豎也快殘了，摘下來不妨事，她雖不是我的娘，但她是我的姑姑！』哥哥吐了一口唾沫，說：『沒羞，認人家比你小的小姑娘做姑姑。』我拿著花低頭不顧的走開去。

我們弟兄鬥口，從來是不相下的，這次我卻吃了虧。

「家裡的花摘完了，那天見著她，她說：『我明天上人家吃喜酒要有一朵長春花戴在頭上，多麼好看！』我根本就認為除她以外，別人是不配戴長春花的！便趕忙說：『放心，由我去找。』回家來葉底都尋遍了，實在沒有。可是已叫她放心，又不好意思食言。猛憶起校園裡似乎還有，飯後躊躇著便到學校裡去，跳過籬笆，繞過了『勿摘花木』的牌示，偷摘了一朵。心跳得厲害。連忙把花藏在衣底，跑到她家去，雙手奉上。我還看著她梳掠，換衣裳，戴花出去。看見車上背後那朵紅星在她黑髮上照耀，我覺得一切的虧心和辛苦都忘了！

「不想她將這事告訴了她姪兒，她姪兒在同學裡傳開了，傳到先生耳朵裡，就把我傳了去。那時，我正在球場裡，嚇得臉都青了，動彈不得，最後只得乍著膽子走到先生那裡。先生連問都不問，就把我的罪狀插在我帽子上，拉我到花臺邊去。我哭著，不住的央告，先生也不理，同學們都圍聚了過來。我羞得恨不得鑽進地縫。我那天沒有吃飯，眼睛也哭腫了。幸而那天哥哥沒在，還好一點，至終自然他也知道了，我回家去又受了一頓責罰。

「從此我在先生面前的信用和寵愛一落千丈，自從春天起，又往往言語無心，在班裡眼看著書，心裡卻描擬著她。和先生對話，所答非所問。先生猜疑，同學也鬨笑。我父親到學校裡去查問成績的時候，先生老實地這麼一說，父親氣得要叫我停學，站櫃臺學徒去。好容易我哭著央求，又起誓不再失魂落魄了，父親才回過心來。」

我這時也不能再笑了。

他歎了一口氣：「以後的半年，我也沒好好的念書，不過處處提防，不肯有太露出廢學的樣子。可恨她也和我疏遠起來了。她拿我當做一個挨過罰、品學不端的人看待。至於我為何挨罰，她卻全不想到！我也認命了，見了她便低頭走開去。

「今年的春天，一個禮拜天下午，同哥哥去放風箏，偏又遇見她和她姪兒，還有一個穿洋服的少年也在那裡。我正要低頭回去，她已看見我了，遠遠地叫著，我只得過去。我介紹了我哥哥，她也介紹了那個父親朋友的兒子，她叫我叫他叔叔；這叔叔是北京城裡念書的，我那時覺得他偉大的很。他卻很巴結姑姑，一言一笑都先事意旨。姑姑那天卻有點不在意的，也許是不自然，只同我在一起，卻讓叔叔、他姪兒、我哥哥在一塊玩，她問長問短，又問我為何總不上她家裡去。那時楊柳剛青著，燕子飛來，在水上成群的輕輕掠過。那天的下午是我生命中最溫柔的一刻！

「到了黃昏，大家站起走開，那叔叔似乎有點不悅意。我暗暗歡喜。大家分手，回家去的路上，哥哥忽然說：『你那位姑姑真俏皮！』我不言語。

從那時起，我又常到她家去，叔叔總在那裡，但一遇見我來了，她總丟了叔叔來同我玩。叔叔卻也不介意，只笑一笑走開。

「一月之前，也是一個黃昏，我正從她家回去。叔叔，她姪兒，和姑姑一齊送出來。叔叔忽然笑著拍著我的肩說：『明天請你來吃酒。』姪兒也笑道：『是的，請你來吃喜酒。』姑姑臉都紅了，笑著推她姪兒，一面說：『沒有什麼，你若是忙，不來也使得。』我看著他們三人的臉，莫名其妙，回去道上仔細一想，忽然心裡慢慢涼起來。……

「第二天哥哥卻要同我去放風箏，我一定不肯去，哥哥只得自己走了。我走到她家，門口掛著彩結。我進去看了，見酒席的擔子，一擔一擔的挑進來，叔叔和姪兒迎了出來，不見姑姑，我問是什麼事，姪兒拍手說：『你來遲了一步，姑姑躲出去了！這是她大喜的日子。』我一呆，姪兒又指著叔叔說：『別叫叔叔走了，這是我們將來的姑夫——今天是他們文定的好日子。』我神魂出竅，心中也不知是什麼味兒，苦笑著道了一聲喜，也不知怎樣便離了她家。道上還遇著許多來道喜的男女客人，車上還帶著紅禮盒子。

「怪不得她總同我玩呢，原來怕我和她取鬧。我卻是從頭就悶在鼓裡。我那時只覺得滿心悲涼，信足所至，竟到了放風箏的地上。哥哥在放呢，看見我來了，便說：『你那裡玩夠了，又來找我！』我不答，他又問了一句。我說：『只有你是我的親人了，我不找你找誰？』我說著便抱著哥哥的臂兒哭了，把他弄得愕然無措。

「自此，我就絕跡不去了，賭氣也便離開家到北京來念書。那位叔叔也在我們學校裡。但是，我可不能告訴你們是誰——他原來在學校是這麼一個繡花枕，學問比誰都不如，今天上午他悄悄的拉著我，叫我叫他姑夫，說他在這暑假便回去娶親了，把我又氣得……。」

我聽到這裡，一欠伸，笑道：「人家娶親，用得著你生氣！」

他說：「我不氣別的，我氣的十八歲的女孩子出什麼閣！」

我噗嗤一笑說：「你呢，十九歲的年紀，認什麼姑姑！」

他又皺眉一笑，呆呆的躺了下去，我也自去寫字。一會兒抬起頭來，卻看見他不住的向空伸掌，大概正在練演他的掌心雷呢！

感恩節，一九二五，惠波車中戲作。

9．瘋人筆記

其實我早就想下筆了：無奈我總不能寫，我一寫起來，就沒個完結，恐怕太倦乏，而且這裡面的事，說出來你們也不了解，這原是極糊塗極高深的話——但是有些聰明人勸我說：「你這麼一個深思的人，若不把這些積壓思想的事，盡情發洩出來，恐怕你要成為一個……」他們的末一句話，至終沒有說出，我不知道他們是稱讚我，還是戲弄我。但這都不關緊要；我就開始的敘一件極隱秘極清楚的事情了。

太陽怎樣的愛門外的那棵小樹，母親也是怎樣的愛我——「母親」？這兩個字，好像不是這樣說法，只是一團亂絲似的，這亂絲從太初就糾住了我的心；稍微一牽動的時候，我的心就痛了，我的眼睛就酸了，但我的靈魂那時候卻是甜的。這亂絲，世上沒有人解得開，上帝也解不開——其實上帝也是一團亂絲，母親也解不開。

母親——也就是亂絲——常常說我聰明，但有時又說不要太聰明了，若是太聰明了，眼睛上就要長出翅兒來，飛出天外去了。只剩下身體在地上。烏鴉就來吃了去——但我想那不算什麼，世上的聰明人不止我一個。他和他，還有他；他們都是聰明人，沒有事會說出事來。一夜的濃睡之後，第二天起來，卻做了許多詩，說他們半夜裡沒有睡。看見人來了，就拖出許多書來，假裝看著；人去了，卻來要我替他們補鞋。他們的眼睛上，卻還沒有長出翅兒，烏鴉也不來吃他。這也是富士山和直布羅陀海峽一樣，真可笑！

但無論如何，我不要多看著他們。要多看他們時，便變成他們的靈魂了。我剛才不是提到那門外的小樹麼？就是這棵小樹，他很傾向對面屋上的一個石像。看來看去的，一夜發熱到了二百零八度，就也變成石像了。這話說起誰也不信，但千萬年以後的人，都來攝了他的影兒去，這卻是我親眼看見的。

我的屋子雖然又矮又小，但是一開起門來，就看見街道。就是天空，也比別人的闊大的多了。這是第一件事使我落淚的！……世人的鞋，怎麼這樣的容易破呢？使我整天裡一根繩子，拉來拉去的。但並不是他們要我補，是我自己喚住經過的人，要替他們補的。我想與其替他們補鞋，不如教給他們怎樣的走道。不過如他們都曉得怎樣走道，我也沒有了拉來拉去的材料了。

世間沒有一個人會寫出充滿了力量的字，若是有，也都成了「白的他」了。他的字，無論在什麼地方出現，我都會認得的。這又是一件使我落淚的事……他的字寫在書上，連紙頁都凹凸出來了，我便是閉著眼，也知道是他寫的。他是王子，誰不知道呢？他天然的有一種靦腆含愁的樣子。他母親是印度人，這是我所知道的，無怪乎他是這般的溫柔潔白了。世界上只有印度人是溫柔的，是潔白的。這也是小樹變成石像的另一個原因。

當他十個輪子的雪車，駕著十匹白馬，跟隨著十個白衣的侍者，從我門口經過的時候，街上的塵土，便紛紛的飛奔進來報告我了！——我敢說沒有人不敬慕喜歡他，但他卻是這般的不愛理人，也許是他的印度的母親教給他的。無論如何，他總和亂絲有些深密的關係，更造成他靦腆含愁的樣子了。

他雖然不愛理人，卻有時來看望我。是可憐我老無依靠麼？是叫我補鞋麼？然而他是永遠赤著腳的，他本是永遠坐在車上，不肯和世人的道路接觸的——他來時，我很自然。我喜歡他麼？不過這喜歡和不喜歡的界限，在我心裡，極其模糊。容我再仔細回想看……有了，這原如同富士山和直布羅陀海峽一般，都是不容易明曉的事。總而言之，他是因為我的眼睛要長出翅兒了，他恐怕烏鴉吃了我，血水滴在他的赤腳上，他防備著就是了。

「黑的他」更如同狗一般——也許是烏鴉——倒也有些人喜歡他。他卻是走在道上，鞋更是非常的破爛。我不能再替他補了，這一根繩子，儘著拉來拉去的，有些煩膩了。

天如不開朗，就是有人很憂愁，要死了。這光景瞞不了我，亂絲曾告訴過我，這也是小樹變成石像的另一原因。

果然「黑的他」來了，他說話有些吞吐——他的眼睛永遠不會長出翅兒來，我實在看不起他——他說「白的他」有些和他好的意思，要請他替他作王子了。並且說「白的他」為他的緣故，下地來走了。他說這話時，帶些難過的樣子，卻又喜歡。我戰慄起來，繩子都落到地上了。我的脣兒不能說話，我的心卻求上帝赦免他。他的死期要臨到了，上帝呵！亂絲呵！赦免他的明白罷！

倘若他再這樣的明白，不是我說……「白的他」車上的鸞鈴響了，「黑的他」為何又跑了？世界上亂的很，我要哭了，眼淚是亂絲拉出來的，亂絲是糾在世界上的，可笑！——天又黑了。

門戶要是淺了，消息是很快的，人們很容易彼此知道。「黑的他」真有思想，他是會挨著門敲著去告訴他們的。

聰明人，也抱著很新的書出來，彼此的說著「黑的他」的消息，又做了許多抒情和敘事的詩。這亂的、昏黑的、潮水般的談話；都證明世界有翻轉的時候。

晚霞要是紅了，也是有人從昏亂的快樂中要死了。……

一抬頭雪車停在門口，我知道一定有些事故……「白的他」堅凝的站在我面前。上帝呵！亂絲呵！他的話，我一句都聽不明白。他的那些侍者，卻都低著頭看我，——這都是「黑的他」召的禍，我早料到有這一日。「白的他」永遠是溫柔的，卻也有深恨的時候。因此，我十分的信富士山是要變低的，直布羅陀海峽是要變淺的。

「白的他」也不再說話了；他出來的時候，他的十個侍者，都慘默無聲——他的衣裳都凍結得如同銀甲一般，清澈的眼睛裡，飛出盛怒的光氣來。我怕極了！他上車時，我已聽得他背上的銀弓，不住的琤琤的響。

我驚魂未定，車兒也許走到街頭了。「黑的他」從我門口也過去——上帝呵！那自以為清潔的人，要伏罪了。

我幾乎不能轉動，但我至終跳了出去。雪車過處，「黑的他」緊握著胸前帶血的箭矢，閉著眼臥在街上了。「白的他」站在車上，含怒的凝視著，弓兒還在手裡，侍者們也一排兒的低著頭——馬又飛馳去了。

我又跳進來了，我的心幾乎要飛出腔子來，要不是我握著，就……富士山是十二萬尺高，直布羅陀海峽是十二萬尺深。若不是他們這樣的高深，我也沒有了拉來拉去的材料了。我要哭了！

聰明人只因太聰明了，眼睛裡反長不出翅兒來。他們又半夜不睡了，又做詩了——唉！那一件事瞞得過我；你們半夜裡睡罷，起來再偷著彼此抄罷！我敢說，我那小樹，是你們逼得他變成石像的，可時著辜負日光撫愛了他一場，橫豎我要同你們……現在你們又譏誚「黑的他」不自量了。殺人的事，都是你們做成的；「白的他」一心中狂熱的血，也是你們倒給他的……烏鴉來了，天也黑了。

印度的母親，原是住在瓶子裡的；瓶子破了，便沒了住處了。這瓶子是亂絲糾成的，亂絲腐了，自然瓶子也要破的。其實並不是亂絲腐了，只因世界上都是亂絲，也不必分彼此了。這倒不干我的事，我只拉我的繩子就完了。因為世人的鞋，終古是破爛的，我要不拉，就消滅了許多，永遠沒有人知道了，這是極可痛心的事！

瓶子破了，印度的母親走時，白的王子自然也要跟去了。本來世界也不願意有他。世界真可恨！只願要那些不大不小，不高不矮的人，如同我們中間那些聰明人一般——我剛才說什麼來著？是了，「白的他」不久要走了。其實這去與不去的念頭，在我心裡，也很模糊。

晚霞中永遠掛著無數帶血的箭矢，尖兒是朝下的——埋在「黑的他」的心裡。但我相信他的血裡，未必會有悔罪的言詞，這也是那些聰明人激勵他的。

下雨以後的塵土，是不能報信的。「白的他」來辭別了，依然是靦腆含愁的樣子。他的怒容消滅在我的心裡，只如同做夢一般——其實夢是什麼，我完全不能知道，就帶著，只是他們如不喜歡有夢，也可以從一把剪刀上跳過，繩子就斷了。這把剪刀是不容易尋得的，這也是，我的小樹變成石像的另一個原因。

「白的他」款款的坐下，用那種不遠不近的話和我說：他要跟他母親去了，破瓶子是住不得的。若勉住下，天風也要將他們吹飛了——這理我早就知道……他九閱在要到北冰洋去，在那裡有他們的雪宮。北冰洋原也只配他和他母親住，我也十分的信，他那赤腳是不怕冷的。再一說，北冰洋和富士山，以及直布羅陀海峽在太古原是相連的。

他撩著曳地的白衣，走了出去。侍者那一排兒的恭敬著和我行了一個辭別的禮。他赤著腳上車了，這是一去不回的表示！車轉過街角的時候，我耳中還聽見他那雪車上鸞鈴最後的聲音，還看見他回頭望著，依然是那一種靦腆含愁的樣子……上帝呵！亂絲呵！這無結果的，不澈底的，難道永遠是如此麼？我也只得盼望他永遠是如此！

這在書頁裡凸凹的字，世界上永沒有人能寫了——聰明人以我的為可笑，悄悄的彼此談論著。無論如何，我恨極了你們了！「黑的他」是被你們逼死的，「白的他」是被你們逼走的。每逢有晚霞的時候，我就想起這些事，我的每一個血輪，都在我身上旋轉——烏鴉來了！

我的身體原是五十萬年前的，至今絲毫也沒有改變。但現在卻關閉在五十萬年以後的小屋子裡，拉那五十萬年以後的小繩子。除非那夢有時的釋放我，但那也不過只是一會子——我要回去，又回不了，這是怎樣悲慘的事！母親呵！亂絲呵！假如世界上沒有我，你也不至於說我聰明了；烏鴉也不來了，我也不至於整天對著那些聰明人了，小樹也不至於被他們逼成石像了！

我經過的這些事，我從原始就知道要怎樣一件一件的相隨著發生。這些事在我心裡，從很淡的影子，成了很濃的真像，就從我的心裡，出到世界上了。每一件事出去，那些聰明人就笑了，半夜裡濃睡，早晨起來偷著做詩了。這又是一件使我落淚的事！這種現象無異於出了一件事去，就擲回一塊冰來，又回到我心裡。上帝呵！烏鴉來了！

我知道我不能再多寫：我的眼睛的翅兒，已經長出一點來了，眼睛走了，肉體交給啄人血肉的烏鴉，這又是怎樣悲慘的事！——這事母親早就告訴我。

我近來常常看見晚霞裡帶血的箭兒？常常聽見塵土中鸞鈴的聲音；和那些聰明人酷虐的笑。

心頭的冰塊愈積愈多，和拿筆的手是很有關係的。我更不能拉那繩子了；世人的鞋破爛到什麼地步。我也不能管了——現在我手內的血輪已經漸漸的凍結，莫非要步那小樹的後塵麼？

在眼睛未飛走，烏鴉未來，手尖未凍結之先；我指著富士山和直布羅陀海峽起誓：我詛咒那些聰明人，他們掩起自己的使人看不起的事情，一面又來擾亂我屋的天空，叫我在垂老的年光，遇見了這些無影響又受影響的事！

上帝呵！母親呵！——你們原都糾在亂絲裡——我不知再說些什麼好了；我只求你們使烏鴉晚一點來，不要在我眼睛飛到半空的時候，看見我自己的肉體被吞啄，因為我的身體原是五十萬年前的。也求這烏鴉吞啄了我以後，飛到北冰洋去，吐出我的血來作證據，告訴「白的他」——但不要滴在他的赤腳上，他原來怕這個的——說補鞋的老人，眼睛已經飛去了，在他未飛去之先，已替他詛咒了那些聰明人了。

眼睛上的翅兒，垂下來了，遮住了我的臉。我的繩子，我也不帶去了，誰拾了去，就算是誰的。在我平日很親近的東西，如破鞋塵土之類，我都不能顧了。

心中的冰塊，相磨壓的聲音愈大了，眼上的翅兒也鼓動了，烏鴉來了！

想起來了，還有一句刺心刻骨的話，要告訴你們。我如現在不說，終古也不能有人知道，那石像就是……

完了，收束罷！血輪已經凝結到指尖，我的筆兒不能移動了，就此——

10・到青龍橋去

如火如荼的國慶日，卻遠遠的避開北京城，到青龍橋去。

車慢慢的開動了，只是無際的蒼黃色的平野，和連接不斷的天末的遠山。——愈往北走，山愈深了。壁立的岩石，屏風般從車前飛過。不時有很淺的濃綠色的山泉，在岩下流著。山半柿樹的葉子，經了秋風，已經零落了，只剩有幾個青色半熟的柿子掛在上面。山上的枯草，迎著晨風，一片的和山偃動，如同一領極大的毛氈一般。

「原也是很偉秀的，然而江南……」我無聊的倚著空冷的鐵爐站著。她們都聚在窗口談笑，我眼光穿過她們的肩上，凝望著那邊角裡坐著的幾個軍人。

「軍人！」也許潛藏在我的天性中罷，我在人群中常常不自覺的注意軍人。

世人呵！饒恕我！我的閱歷太淺薄了，真是太淺薄了！我的閱歷這樣的告訴我，我也只能樣忠誠而勇敢的告訴世人，說：「我有生以來，未曾看見過像我在書報上所看的，那種獸性的，沈淪的，罪惡的軍人！」

也閱歷欺哄我，但弱小的我，卻不敢欺哄世人！

一個朋友和我說：——那時我們正在院裡，遠遠的看我們軍人的同學盤槓子——「我每逢看見灰黃色的衣服的人，我就起一種憎嫌和恐怖的戰慄。」我看著她鄭重的說：「我從來不這樣想，我看見他們，永遠起一種莊肅的思想！」她笑道：「你未曾經過兵禍罷！」我說：「你呢？」她道：「我也沒有，不過我常常從書報上，看見關於惡虐的兵士們的故事。……」

我深深的悲哀了！在我心中，數年來潛在的隱伏著不能言說的憐憫和抑屈！文學家呵！怎麼呈現在你們筆底的佩刀荷槍的人，竟盡是這樣的瘋狂而殘忍？平民的血液流出來了，軍人的血淚，卻灑向何處？

筆尖下抹殺了所有的軍人，將混沌的，一團黑暗暴虐的群眾，銘刻在人們心裡。從此嚴肅的軍衣，成了赤血的標幟；忠誠的兵士，成了撒旦的隨從。可憐的軍人，從此在人們心天中，沒有光明之日了！

雖然閱歷決然毅然的這般告訴我，我也不敢不信，一般文學家所寫的是真確的。軍人的群眾也和別的群眾一般，有好人也更有壞人。然而造成人們對於全體的灰色黃色衣服的人，那樣無緣故無條件、概括的厭惡，文學家，無論如何，你們不得辭其咎！

也講一講人道罷！將這些勇健的血性的青年，從教育的田地上奪出來，關閉在黑暗惡虐的勢力範圍裡，叫他們不住的吸收冷酷殘忍的習慣，消滅他友愛憐憫的本能。有事的時候，驅他們到殘殺同類的死地上去；無事的時候，叫他穿著破爛的軍衣，吃的是黑麵，喝的是冷水，三更半夜的起來守更走隊，在悲笳聲中度生活。家裡的信來了：「我們要吃飯！」回信說：「沒有錢，我們欠餉七個月了！——」可憐的中華民國的青年男子呵！山窮水盡的途上，那裡是你們的歧路？……

我的思潮，那時無限制的升起。無數的觀念奔湊，然而時間只不過一瞬。

車門開了，走進三個穿軍服的人。第一個，頭上是粉紅色的帽箍，穿著深黃色的呢外套，身材很高。後面兩個略矮一些，只穿著平常的黃色軍服，魚貫的從人叢中，經過我們面前，便一直走向那幾個兵丁坐的地方去。他們略不注意的仍舊看著窗外，或相對談笑。我卻靜默的，眼光凝滯的隨著他們。

那邊一個兵丁站起來了。兩塊紅色的領章，圍住瘦長的頸了，顯得他的臉更黑了。臉上微微的有點麻子，中人身材，他站起來，只到那稽查的肩際。

粉紅色帽箍的那個稽查，這時正側面對著我們。我看得真切：圓圓的臉，短短的眉毛，肩膊很寬，細細的一條皮帶，束在腰上，兩手背握著。白絨的手套已經微污了，臂上纏的一塊白布，也成了灰色的了，上面寫著「察哈爾總站，軍警稽查……」以下的字，背著我們看不見了。

他沈聲靜氣的問：「你是那裡的，要往那裡去？」那個兵丁筆直的站著，聽問便連忙解開外面軍衣的鈕扣，從裡衣袋裡，掏出一張名片和護照來，無言的遞上。——也許曾說了幾句話，但聲音很低，我聽不見。稽查凝視著他，說：「好，但是我們公事公辦，就是大總統的片子，也當不了車票呵！而這護照也只能坐慢車。弟兄！到站等著去罷，只差一點鐘工夫！」

軍人們！饒恕我那時不道德的揣想。我想那兵丁一定大怒了！我恐怕有個很大的爭鬧，不覺的退後了，更靠近窗戶，好像要躲開流血的事情似的。

稽查將片子放在自己的袋裡——那個兵丁低頭的站著，微麻的臉上，充滿了徬徨、無主、可憐。側面只看見他很長的睫毛，不住的上下瞬動。

火車仍舊風馳電掣的走著。他至終無言的坐下，呆呆的望著窗外。背後看去，只有那戴著軍帽，剪得很短頭髮的頭，和我們在同一的速率中，左右微微動搖。

我深深吸了一口氣，放下心來，卻立時起了一種極異樣的感覺！

到了站了！他無力的站起，提著包兒，往外就走。對面來了一個女人，他側身恭敬的讓過。經過稽查面前，點點頭就下車去了。

稽查正和另一個兵丁問答。這個兵丁較老一點，很瘦的臉，眉目間處處顯出困倦無力。這時卻也很直的站著，聲音很顫動，說：「我是在……陳副官公館裡，他差我到……去。」一面也珍重的呈上一張片子。稽查的臉仍舊緊張著，除了眼光上下之外，不見有絲毫情感的表現，他仍舊凝重的說：「我知道現在軍事是很忙的，我不是不替弟兄們留一線之路。但是一張片子，公事上說不過去。陳副官既是軍事機關上的人，他更不能不知道火車上的規矩——你也下去罷！」

老兵丁無言的也下車去了。

稽查轉過身來，那邊兩個很年輕的兵丁，連忙站起，先說：「我們到西苑去。」稽查看了護照，笑了笑說：「好，你們也坐慢車罷！看你們的服章，軍界裡可有你們這樣不整齊的？國家的體面，那裡去了？車上這許多外國人，你們也不怕他們笑話！」隨在稽查後面的兩個軍人，微笑的上前，將他們帶著線頭，拖在肩上的兩塊領章扶起。那兩個少年兵丁，慚愧的低頭無語。

稽查開了門，帶著兩個助手，到前面車上去了。

車門很響的關了，我如夢方醒，週身起了一種細微的戰慄。——不是憎嫌，不是恐怖，定神迴想，呀！竟是最深的慚愧與讚美！

一共是七個人：這般凝重，這般溫柔，這樣的服從無抵抗！我不信這些情景，只呈露在我的前面。……

登上萬里長城了！亂山中的城頭上，暗淡飄忽的日光下，迎風獨立。四圍充滿了寂寞與荒涼。除了淺黃色一串的駱駝，從深黃色的山腳下，徐徐走過之外，一切都是單調的！看她們頭上白色的絲巾，三三兩兩的，在城上更遠更高處拂拂吹動。我自己留在城半，在我理想中易起感慨的，數千年前偉大建築物的長城上，呆呆的站著，竟一毫感慨都沒有起！

只那幾個軍人嚴肅而溫柔的神情，平和而莊重的言語，和他們所不自知的，在人們心中無明不白的厭惡：這些事，都重重的壓在我弱小的靈魂上——受著天風，我竟不知道世界上還有個我沒有！

十，十二夜，一九二二

II・閒情

弟弟從我頭上，拔下髮針來，很小心的挑開了一本新寄來的月刊。看完了目錄，便反捲起來，握在手裡笑說：「瑩哥，你真是太沉默了，一年無有消息。」

我凝思地，微微答以一笑。

是的，太沉默了！然而我不能，也不肯忙中偷閒，不自然地、造作地、以應酬為目的地、寫些東西。

病的神慈悲我，竟賜予我以最清閒最幽靜的七天。

除了一天幾次吃藥的時間，是苦的以外，我覺得沒有一時，不沉浸在輕微的愉快之中。——庭院無聲，枕蕈生涼。溫暖的陽光，穿過葦簾，照在淡黃色的壁上。濃密的樹影，在微風中徐徐動搖。

窗外不時的有好鳥飛鳴。這時世上一切，都已拋棄隔絕，一室便是宇宙，花影樹聲，都含妙理。是一年來最難得的光陰呵，可惜只有七天！

黃昏時，弟弟歸來，音樂聲起，靜境便砉然破了。一塊暗綠色的綢子，蒙在燈上，屋裡一切都是幽涼的好似悲劇的一幕。鏡中照見自己玲瓏的白衣，竟悄然的覺得空靈神秘。當屋隅的四絃琴，顫動的、生澀的、徐徐奏起，兩個歌喉，由不同的調子，漸漸合一。由悠揚，由高亢，而沈緩的時候，怔忡的我，竟感到了無限的悵惘與不寧。

小孩子們真可愛，在我睡夢中，偷偷的來了，放下幾束花，又走了。小弟弟拿來插在瓶裡，也在我睡夢中，偷偷的放在床邊几上。——開眼瞥見了，黃的和白的、不知名的小花，襯著淡綠的短瓶，……原是不很香的，而每朵花裡，都包含著天真的友情。

終日休息著，睡和醒的時間界限，便分得不清。有時在中夜，覺得精神很圓滿。——聽得疾雷雜以疏雨，每次電光穿入，將窗台上的金鐘花，輕淡清切的映在窗簾上，又急速的隱抹了去。而餘影極分明的，印在我的腦膜上。我看見「自然」的淡墨畫，這是第一次。

得了許可，黃昏時便出來疏散。輕涼襲人。遲緩的步履之間，自覺很弱，而弱中隱含著一種不可言說的愉快。這情景恰如小時在海舟上，——我完全不記得了，是母親告訴我的。——眾人都暈臥，我獨不理會。每坐下一次，便喜笑個不住，笑完再起來，希望再跌倒。忽忽又是十餘年了，不想以弱點為愉樂的心情，顛頓的自己走上艙面，去看海，凝注之頃，不時的覺得身子一轉，已跌在甲板上以為很新鮮，很有趣，至今不改。

一個朋友寫信來慰問我，說：

「東坡云：『因病得閒殊不惡。』我亦生平善病者，故知能閒真是大工夫，大學問。……如能於養神之外，偶閱『維摩經』尤妙，以天女能道盡眾生之病，斷無不能自己其病也！恐擾精神，餘不敢及。」

因病得閒，是第一慊心事，但佛經卻沒有看。

六，一二，一九二二

12・「無限之生」的界線

我獨坐在樓廊上，凝望著窗內的屋子。淺綠色的牆壁，赭色的地板，幾張椅子和書桌；空沉沉的，被那從綠罩子底下發出來的燈光照著，只覺得淒黯無色。

這屋子，便是宛因和我同住的一間宿舍。課餘之暇，我們永遠是在這屋裡說笑，如今宛因去了，只剩了我一個人了。

她去的那個地方，我不能知道，世人也不能知道，或者她自己也不能知道。然而宛因是死了，我看見她病的，我看見她的軀殼埋在黃土裡的，但是這個軀殼能以代表宛因麼？

屋子依舊是空沉的，空氣依舊是煩悶的，燈光也依舊是慘綠的。我只管坐在窗外，也不是悲傷，也不是悚懼；似乎神經麻木了，再也不能邁步進到屋子裡去。

死呵，你是一個破壞者，你是一個大有權威者！世界既然有了生物，為何又有你來摧殘他們，限制他們？無論是帝王，是英雄，是……，一遇見你，便立刻撇下他一切所有的，屈服在你權威之下。無論是驚才、絕艷、豐功、偉業，與你接觸之後，不過只留下一坏黃土！

我想到這裡，只覺得失望、灰心、到了極處！——這樣的人生，有什麼趣味？縱然抱著極大的願力，又有什麼用處？又有什麼結果？到頭也不過是歸於虛空，不但我是虛空，萬物也是虛空。

漆黑的天空裡，只有幾點閃爍的星光，不住的顫動著。樹葉楂楂槭槭的響著。微微的一陣槐花香氣，撲到欄邊來。

我抬頭看著天空，數著星辰，竭力的想安慰自己。我想：——何必為死者難過？何必因為有「死」就難過？人生世上，勞碌辛苦的，想為國家，為社會，謀幸福；似乎是極其壯麗宏大的事業了。然而造物者憑高下視，不過如同一個螞蟻，辛辛苦苦的，替他同伴馱著粟粒一般。幾點的小雨，一陣的微風，就忽然把他渺小之軀，打死，吹飛。他的工程，就算了結。我們人在這大地上，已經是像小蟻微塵一般，何況在這萬星團簇，縹渺幽深的太空之內，更是連小蟻微塵都不如了！如此看來，……都不過是曇花泡影，抑制理性，隨著他們走去，就完了！何必……

想到這裡，我的腦子似乎漲大了，身子也似乎起在空中。勉強定了神，往四圍一看：——我依舊坐在欄邊，樓外的景物，也一切如故。原來我還沒有超越到世外去，我苦痛已極，低著頭只有嘆息。

一陣衣裳綷縩的聲音，彷彿是從樹杪下來，——接著有微渺的聲音，連連喚道：「冰心，冰心！」我此時昏昏沉沉的，問道：「是誰？是宛因嗎？」她說：「是的。」我竭力的抬起頭來，藉著微微的星光，仔細一看，那白衣飄舉，蕩蕩漾漾的，站在我面前的，可不是宛因麼！是她全身上下，顯出一種莊嚴透澈的神情來，又似乎不是從前的宛因了。

我心裡益發得昏沉了，不覺似悲似喜的問道：「宛因，你為何又來了？你到底是到那裡去了？」她微笑說：「我不過是越過『無限之生的界線』就是了。」我說：「你不是……」她搖頭說：「什麼叫做『死』？我同你依舊是一樣的活著，不過你是在界線的這一邊，我是在界線的那一邊，精神上依舊是結合的。不但我和你是結合的，我們和宇宙間的萬物，也是結合的。」

我聽了她這幾句話，心中模模糊糊的，又像明白，又像不明白。

這時她朗若曙星的眼光，似乎已經歷歷的看出我心中的癥結。便問說：「在你未生之前，世界上有你沒有？在你既死之後，世界上有你沒有？」我這時真不明白了，過了一會，忽然靈光一閃，覺得心下光明朗澈，歡欣鼓舞的說：「有，有，無論是生前，是死後，我還是我，『生』和『死』不過都是『無限之生的界線』就是了。」

她微笑說：「你明白了，我再問你，什麼叫做『無限之生』？」我說：「『無限之生』就是天國，就是極樂世界。」她說：「這光明神聖的地方，是發現在你生前呢？還是發現在你死後呢？」

她說：「為什麼現在世界上，就沒有這樣的地方呢？」我彷彿應道：「既然我們和萬物都是結合的，到了完全結合的時候，便成了天國和極樂世界了，不過現在……」她止住了我的話，又說：「這樣說來，天國和極樂世界，不是超出世外的，是不是呢？」我點了一點頭。

她停了一會，便說：「我就是你，你就是我，你我就是萬物，萬物就是太空：是不可分析的，不容分析的。這樣——人和人中間的愛，人和萬物、和太空中間的愛，是曇花嗎？是泡影麼？那些英雄、帝王，殺伐爭競的事業，自然是虛空的了。我們要奔赴到那『完全結合』的那個事業，難道也是虛空的麼？去建設『完全結合』的事業的人，難道從造物者看來，是如同小蟻微塵麼？」我一句話也說不出來，只含著快樂信仰的珠淚，抬頭望著她。

她慢慢的舉起手來，輕裾飄揚，那微妙的目光，悠揚看我，琅琅的說：「萬全的愛，無限的結合，是不分生──死──人──物的，無論什麼，都不能抑制摧殘他。你去罷，──你去奔那『完全結合』的道路罷！」

這時她慢慢的飄起來，似乎要乘風飛舉。我連忙拉住她的衣角說：「我往那裡去呢？那條路在那裡呢？」她指著天邊說：「你迎著他去罷。你看──光明來了！」輕軟的衣裳，從我臉上拂過。慢慢的睜開眼，只見地平線邊，漾出萬道的霞光，一片的光明瑩潔，迎著我射來。我心中充滿了快樂，也微微的隨她說道：「光明來了！」

13・夢

她回想起童年的生涯，真是如同一夢罷了！穿著黑色帶金線的軍服，佩著一柄短短的軍刀，騎在很高大的白馬上，在海岸邊緩轡徐行的時候，心裡只充滿了壯美的快樂；幾曾想到現在的自己，是這般的靜寂，只拿著一枝筆兒，寫她幻想中的情緒呢？

她男裝到了十歲。十歲以前，她父親常常帶她去參與那軍人娛樂的宴會。朋友們一見都誇獎說：「好英武的一個小軍人！今年幾歲了？」父親先一面答應著，臨走時才微笑說：「他是我的兒子，但也是我的女兒。」

她會打走隊的鼓，會吹召集的喇叭。知道毛瑟槍裡的機關。也會將很大的砲彈旋進砲腔裡去。五六年父親身畔無意中的訓練，真將她做成很矯健的小軍人了。

別的方面呢？平常女孩子所喜好的事，她卻一點都不愛。這也難怪她，她的四團並沒有別的女伴；偶然看見山下經過的幾個村裡的小姑娘，穿著大紅大綠的衣裳，裹著很小的腳，也只匆匆地見了一面，她無從知道她們平居的生活；而且她也不把這些印象放在心上。一把刀，一匹馬，便可了這一生了！女孩子的事，是何等的瑣碎煩膩呵！當探海的電燈射在浩浩無邊的大海上，發出一片一片的寒光；燈影下，旗影下，兩排兒沉著英毅的軍官，在劍佩鏘鏘的聲裡，整齊嚴肅的一同舉起杯來，祝中國萬歲的時候，這光景是怎樣的使人湧出慷慨的快樂的眼淚呢！

她這夢也應當到了醒覺的時候了！人生就是一夢麼？

十歲回到故鄉去，換上了女孩子的衣服。在姊妹群中，學到了女兒情性：五色的絲線，是能做成好看的活計的；香的、美麗的花，是要插在頭上的；鏡子是裝束完時要照一照的；在眾人中間坐著，是要說些很細膩很溫柔的話的；眼淚是時常要落下來的。女孩子是總有點脾氣，帶點嬌貴的樣子的。

這也是很新穎，很能造就她的環境——但她父親送給她的一把佩刀，還是長日掛在窗前。拔出鞘來，寒光射眼，她每每呆住了。白馬呵，海岸呵，荷槍的軍人呵，……模糊中有無窮的悵惘。姊妹們在窗外喚她，她也不出去了。站了半天，只掉下幾點無聊的眼淚。

她後悔麼？也許是。誰知道呢！軍人的生活，是怎樣的造就了她的性情呵！黃昏時營幕裡吹出來的笳聲，不更是抑揚悽惋麼？世界上軟軟溫柔的境地，難道只有女孩兒可以占有麼？海上的月夜，星夜，眺臺獨立，倚槍翹首的時候，沉沉的天幕下，人靜了，海也濃睡了，——「海天以外的家！」這時的情懷，是詩人的還是軍人的呢？是兩縷悲壯的絲交糾之點呵！

除了幾點無聊的英雄淚，還有甚麼？她安於自己的境地了！生命如果是圈兒般的循環，或者還從「將來」又走向「過去」的道上去，但這也是無聊呵！

十年深刻的印象，遺留於她現在的生活中的，只是矯強的性質了——她依舊是喜歡看那整齊的步伐，聽那悲壯的軍笳；但與其說她是喜歡看，喜歡聽，不如說她是怕看，怕聽罷。

橫刀躍馬，和執筆沉思的她，原只是一個人，然而時代將這些事隔開了！……童年！只是一個深刻的夢麼？

14・春水

一

春水！
　又是一年了，
還這般的微微吹動。
可以再照一個影兒麼？
春水溫靜的答謝我說：
「我的朋友！
我從來未曾留下一個影子，

不但對你是如此。」

二

四時緩緩的過去——
百花互相耳語說：
「我們都只是弱者！
　甜香的夢
　　輪流著做罷，
　憔悴的杯
　　也輪流著飲罷，
上帝原是這樣安排的呵！」

三

青年人！
你不能像風般飛揚，

便應當像山般靜止。
浮雲似的
　無力的生涯，
只做了詩人的資料呵！

四

蘆荻，
　只伴著這黃波浪麼？
趁風兒吹到江南去罷！

五

一道小河
　平平蕩蕩的流將下去，
只經過平沙萬里——
　自由的，

沉寂的，
他沒有快樂的聲音。

一道小河
曲曲折折的流將下去，
只經過高山深谷——
險阻的，
挫折的，
他也沒有快樂的聲音。

我的朋友！
感謝你解答了
我久悶的問題，
平蕩而曲折的水流裡，
青年的快樂

在其中蕩漾著了！

六

詩人！
不要委屈了自然罷，
「美」的圖畫，
要淡淡的描呵！

七

一步一步的扶走——
半隱的青紫的山峰
怎的這般高遠呢？

八

月呵！

什麼做成了你的尊嚴呢？
深遠的天空裡，
只有你獨往獨來了。

九

倘若我能以達到，
上帝呵！
何處是你心的盡頭，
可能容我知道？
遠了！
遠了！
我真是太微小了呵！

一〇

忽然了解是一夜的正中，

白日的心情呵！
　不要侵到這境界裡來罷

十一

南風吹了，
將春的微笑
　從水國裡帶來了！

十二

紘聲近了，
　瞽目者來了；
泫聲遠了
　無知的人的命運
　也跟了去麼？

十三

白蓮花！
　清潔拘束了你了——
但也何妨讓同在水裡的江蓮
來參禮呢？

十四

自然喚著說：
「將你的筆尖兒
　浸在我的海裡罷！
人類的心懷太枯燥了。」

十五

沉默裡，
　充滿了勝利者的凱歌！

15・繁星

一

繁星閃爍著——
深藍的太空，
何曾聽得見他們對語？
沉默中，
微光裡，
他們深深的互相頌讚了。

二

童年呵！

是夢中的真，
是真中的夢，
是回憶時含淚的微笑。

三

生離——
是朦朧的月日，
死別——
是憔悴的落花。

四

月明之夜的夢呵！
遠呢？
近呢？

但我們只這般不言詞
聽——聽
這微擊心絃的聲！
眼前光霧萬重，
　柔波如醉呵！
沉——沉。

五

怎能忘卻？
夏之夜，
　明月下，
幽欄獨倚。
粉紅的荷花，
　深綠的荷蓋，
縞白的衣裳！

六

堦邊，
花底，
微風吹著髮兒，
是冷也何曾冷！
這古院——
這黃昏——
這絲絲詩意——
繞住了斜陽和我。

16・我的同學

不知女人在一起的時候，是常談到男人不是？我們一班朋友在一起的時候，的確常談著女人①。而且常常評論到女人的美醜。

我們所引以自恕的，是我們不是提起某個女人，來品頭論足；我們是抽象的談到女人美醜的標準。比如說，我們認為女人的美可分為三種：第一種是乍看是美，越看越不美；第二種是乍看不美，越看越覺出美來；第三種是一看就美，越看越美！

第一種多半是身段窈窕，皮膚潔白的女人，瞥見時似乎很動人，但寒暄過後，坐下一談，就覺得她眉畫得太細，唇塗得太紅，聲音太粗糙，態度太輕浮；見過幾

① 這句話的語意，頗有點以男子自居，因為冰心在抗戰期間的重慶寫這些文章時，是用「男士」做筆名的，所以不能不冒充一下男子。

次之後，你簡直覺得她言語無味，面目可憎。

第二種往往是裝束樸素，面目平凡的女人，乍見時不給人以特別的印象。但在談過幾次話，同辦過幾次事以後，你會漸漸的覺得她態度大方，辦事穩健，雅淡的衣飾，顯出她高潔的品味；不施鉛華的臉上，常常含著柔靜的微笑。這種女人，認識了之後，很不易使人忘掉。

第三種女人，是雞群中的仙鶴，萬綠叢裡的一點紅光！在萬人如海之中，你會毫不遲疑的把她揀拔了出來。事實上，是在不容你遲疑之頃，她自己從人叢中浮躍了出來，打擊在你的眼簾上。這種女人，往往是在「修短合度，穠纖適中……芳澤無加，鉛華弗御」的軀殼裡，投進了一個玲瓏高潔的靈魂。她的一言一笑，一舉一動，都流露著一種神情、一種風韻，既流麗，又端莊，好像白蓮出水，玉立亭亭。

假如有機會多認識她，你也許會發現她態度從容，辯才無礙，言談之際，意暖神寒。這種女人，你一生至多遇見一兩次，也許一次都遇不見！

我也就遇見過一次！

C女士是我在大學時的同學，她比我高兩班。我入大學的第一天，在舉行開學典禮之前一小時，在大禮堂前的長廊上，瞥見了她。

那時的女同學，都還穿著制服，一色的月白布衫，黑綢裙兒，長蛇般的隊伍，總有一二百個。在人群中，那竹布衫子，黑綢裙子，似乎特別的襯托出C女士那夭矯的游龍般的身段。她並沒有大聲說話，也不曾笑，偶然看見她和近旁的女伴耳語，一低頭，一側面，只覺得她眼睛很大，極黑，橫波入鬢，轉盼流光。

及至進入禮堂坐下——我們是按著班次坐的，每人有一定的坐位——她正坐在我右方前三排的位子上，從從容容略向右倚。我正看到一個極其美麗瀟灑的側影：濃黑的鬢髮，一個潤厚的耳廓，潔白的頸子，美麗的眼角和眉梢。臺上講話的人，偶然有引人發笑之處，總看見她微微的低下頭，輕輕的舉起左手，那潤白的手指，托在腮邊，似乎在微笑，又似乎在忍著笑。這印象我極其清楚，也很深。以後的兩年中，直到她畢業時為止，在集會的時候，我總在同一座位上，看到這美麗的側影。

我們雖不同班，而見面的時候很多，如同歌詠隊，校刊編輯部，以及什麼學會等等。她是大班的學生，人望又好，在每一團體，總是負著重要的責任。任何集會，只要有C女士在內，人數到的總是齊全，空氣也十分融和靜穆；男同學們對她固然是敬慕，女同學們對她也是極其愛戴，我沒有聽見一個同學，對她有過不滿的批評。

C女士是廣東人，卻在北方生長，一口清脆的北京官話。在集會中，我總是下級幹部，在末座靜靜的領略她穩靜的手度，聽取她簡潔的談話。她對女同學固然親密和氣，對男同學也很謙遜大方，她的溫和的笑，解除了我們莫名其妙的侷促和羞澀，我覺得我並不是常常紅臉的人，對別的女同學，我從不覺得踧踖。但我看不只我一個人如此，許多口能舌辯的男同學，在C女士面前，也往往說不出話來，她是一輪明麗的太陽，沒有人敢向她正視。

我知道有許多大班的男同學，給她寫過情書，她不曾答覆，也不存芥蒂，我們也不曾聽說她在校外有什麼愛人。我呢？年少班低，連寫情書的思念也不敢有過，但那幾年裡，心目中總是供養著她。直至現在，夢中若重過學生生活，夢境中還常常有著C女士，她或在打球，或在講演，一朵火花似的，在我迷離的夢霧中燃燒跳躍。這也許就是老舍先生小說中所謂之「詩意」罷！我算對得起自己的理想，我一輩子只有這麼一次「詩意」。

在C女士將要畢業的一年，我同她演過一次戲，在某一幕中，我兩人是主角，這一幕劇我永遠忘不了！那是梅德林克的「青鳥」中之一幕。那年是華北旱災。學校裡籌款賑濟，其中有一項是演劇募捐，我被選為戲劇股主任。劇本是我選的，我譯的，演員也是我請的。我自己擔任了小主角，請了C女士擔任「光明之神」。上演之夕，到了進入「光明殿」之一幕，我從黑暗裡走到她的腳前，抬頭一望，在強烈的燈光照射之下，C女士散披著灑滿銀花的輕紗之衣，扶著銀杖。經過一番化裝，她那對秀眼，更顯得光耀深大，雙頰緋紅，櫻唇欲滴。及至我們開始對話，她那銀鈴似的聲音，雖然起始有點顫動，以後卻愈來愈清爽、愈嘹亮，我也如同得了靈感似的，精神煥發，直到終劇。我想，那夜如果我是個音樂家，一定會寫一部交響曲，我如果是一個詩人，一定會作出一首長詩。可憐我什麼都不是，我只作了半夜光明的亂夢！

等到我自己畢業以，在美國還遇見她幾次，等到我回國在母校教書，聽說她已和一位姓L的醫生結婚，住在天津。同學們聚在一起，常常互相報告消息，說她的丈夫是個很好的醫生，她的兒女也像她那樣聰明美麗。

我最後聽到她的消息，是在抗戰前十天，我剛從歐洲歸來，在一位美國老教授家裡吃晚飯。他提起一星期以前，他到天津演講，演講後的茶會中，有位極漂亮的太太，過來和他握手，他搔著頭說：「你猜是誰？就是我們美麗的C！我們有八九年沒有見面了，真是使人難以相信，她還是和從前一樣的好看，一樣的年輕，……你記得C罷？」我說：「我那能不記得？我遊遍了東京、紐約、倫敦、巴黎、羅馬、柏林、莫斯科……我還沒有遇見過比她還美麗的女人！」

又六年沒有消息了，我相信以她的人格和容貌的美麗，她的周圍隨處都可以變成光明的天國。願她享受她自己光明中之一切，願她的丈夫永遠是個好丈夫，她的兒女永遠是些好兒女。因為她的丈夫是有福的，她的兒女也是有福的！

17・我的朋友的太太

在單身教授的樓上，住著三個人，L，T，和我。他們二位都是理學院教授，在實驗室的時候多，又都是訂過婚的人，下課回來，吃過晚飯，就在燈下寫起情書，只要是他們掩著屋門，我總不去打攪。沈浸在愛的幸福中的人們，是不會意識到旁人的寂寞的。我只好自己在客廳裡，開起沙發旁的電燈，從十八世紀的十四行詩中，來尋找我自己「神光離合」的愛人。

L和我又比較熟識一些，常常邀我到他屋裡去坐。在他的書桌上，看到了他的未婚夫人的照片，長圓的臉，戴著眼鏡，一副溫柔的笑容。L告訴我，他們是在國外認識而訂婚的，這浪漫史的背景，是美國東部一個大學生物學的實驗室裡，他們因著同學，同行而同志，同情，最後認為終身同工，是友情的最美滿的歸宿，於是就……L說到這裡，臉上一紅，他是一個木訥靦腆的人，以下就不知說什麼好。

我趕緊接著說：「將來你們又是一對居里夫婦，恭喜恭喜，何時請我們吃喜酒呢？」

於是，在一年的夏天，L回到上海去，回來的時候，就帶著他的新婦，住在一所新蓋好的教授住宅裡。

我們被邀去吃晚飯的那一晚，不過是他們搬入的一星期之後，那小小的四間屋子。已經佈置得十分美觀妥貼了。臥室是淺紅色的，淺紅南巴的窗簾，檯布、床單、地氈，配起簡單的白色傢具，顯得柔靜溫暖。書房是兩張大書桌子相對，中間一盞明亮的桌燈，牆上一排的書架，放著許多的書，以及更多的瓶子，裡面是青蛙蒼蠅，還有各色各種不知名的昆蟲。這屋子裡，傢具是淺灰色的，窗簾等等是綠色的。外面是客廳和飯廳打通的一大間，一切都是藍色的，色調雖然有深淺，而調和起來，覺得十分悅目。

客人參觀完畢，在客廳坐下之後，新娘子才從廚房後面走出來，穿著一件淺紅色的衣服，裝束雅淡，也未戴任何首飾；面龐和相片上差不多，只是沒有戴眼鏡，說不上美麗，但自有一種凝重和藹的風度。她和我們一一握手寒暄，態度自然，口齒流利，把我們一班單身漢，預先排練好的一套鬧新房的話，都嚇到爪窪國裡去了。

席上新娘子和每一個人談話，大家都不覺得空閒。L本來話少，只看著我們笑。我們都說：『L太太，你應當給L一點家庭教育，教他多說一點話。』她笑說：「恐怕是我說的話太多，他就沒有機會出頭了。」——席散大家有的下圍棋，有的玩紙牌，L太太很快的就把客人組織起來了。

我是不大會玩的，就和這一對新夫婦，在廊上看月閒談。我說：「L太太，不怕你惱，我看見你的家庭佈置，簡直像個學文學的人，有過審美訓練的。」她謙遜了幾句，又笑說：「我有幾個學美術，文學的女友，在本行上造詣都很好，但一進入她們的家門屋門，×先生，真是如你所說的，像個學科學的人的家庭……」

我覺得不好意思，才要說話，她趕緊笑說：「我知道你的意思，我是說，審美觀念，有時近乎天生，這當然也不是說我真有審美的觀念，我只是說所學的與所用的，有時也不一致。」

從此，又談到文學，這是我的本行，但L太太所知道的真是不少，欣賞力也很高，我們直談到牌局棋局散後，又吃了點冰淇淋才走。

L太太每天下午，同L先生到實驗室，下課後，他們二位常常路過我們的宿舍，就邀我去晚飯。大廚房裡的菜，自然不及家庭裡的烹調，我也就不推卻，只有時送去點肉鬆、醉蟹、糖果餅乾之類，他們還說我客氣。

冬夜，他們常常生起壁爐，飯後就在爐邊閒談。我教給他們喝一點好酒，抽一點好煙，他們雖不拒絕，卻都不發生興趣。L太太甚至於說我的吃酒抽煙，都是因為沒有娶親的原故，因而就追問我為什麼不娶親，我說：「L太太，你真是太清教徒了，你真沒有見過抽煙喝酒的人，像我這樣飯前一杯酒，飯後一枝煙，在男人裡面，就算是不充分享受我們的權利的了。至於娶親，我還是一句老話，文章既比人壞，老婆就得比人家好，而我的朋友的老婆，一個賽似一個的好，叫我那裡去找更好的？一來二去，就耽誤了下來，這不能怪我……」

L太太笑得喘不過氣來，L就說：「別理他，他是個怪人！只要他態度稍微嚴肅一些，還怕娶不到老婆？恐怕真正的理由，還是因為他文章太好的緣故。」

L太太真是個清教徒，不但對於煙酒，對於其他一切，也都有著太高而有時不近人情的理想，雖然她是我所見到的，最人性最女性的女人。比如說，她常常讚美那些太太死後絕不再娶的男人，認為那是愛情最貞堅的表現，我聽她舉例不止一次。

有一次是除夕，大家都回去過年——我的家那時還在上海，也不想進城去玩——L夫婦知道我獨在，就打電話請我吃火鍋，飯後酒酣耳熱，燈光柔軟，在爐邊她又感慨似的，提起某位老先生，在除夕不知多麼寂寞，他鰥居了三十年，朝夕只和太太的照片相伴，是多麼可愛可愛的一個老頭子啊！

我站了起來，把煙尾扔在壁爐裡，說：「對不起，L太太，這點我不和你同意！假如我是個女人，而且結婚生活美滿，我死後，一定歡喜我的丈夫再娶。我在我的遺囑上，一定加上幾句，說：『親愛的，為著家庭的完整，為著兒女的教育，為著其他一切，我懇切的請你在最短期內，再娶一位既賢且能的夫人』……」

在這時不但L太太睜著兩隻大眼看我，連L也把手裡的書放下了。

我重新點起一枝煙，一面坐下，說：「女人總覺得丈夫的再娶，是對自己不忠誠，不真摯的反映。我說一句不怕女人生氣的話，這就是虛榮心充分的暴露：而且就事實上說，凡是對於結婚生活，覺得幸福美滿的人，他的再婚，總比其他的人，來得早些。習慣於美滿家庭的人，太太一死，就如同喪家之犬，出入傷心，天地異色，看著兒女啼哭，婢僕怠惰，家務荒弛，他就完全失了依據。夜深人靜，看著兒女淚痕狼藉，蒼白瘦弱的臉，他心裡就針扎似的，恨不得一時能夠追回那失去的樂園……」

說時L太太不言語了，拿手絹醒了醒鼻子。

我說：「反過來，結婚生活不美滿的人，太太死了，他就如同漏網之魚，一溜千里，他就暫時不要再受結婚生活的束縛，先悠遊自在的過幾年自由光陰再說。所以，鰥夫的早日再婚，是對於結婚生活之信任，是對於溫暖家庭的熱戀，換句話說，也就是對於第一位夫人最高的頌讚。再一說，假如你真愛你的丈夫，在自己已成棕木死灰之時，還有什麼虛榮，什麼忌妒，你難道忍心使他受盡孤單悲苦、無人安慰的生活？而且，假如你的丈夫真愛你，也不會因為眼前有了一個新人，就把你完全忘掉。紅樓夢裡的藕官，就非常的透澈這道理，人家問她，為什麼得了新的，就把舊的忘了。她說：『不是忘了，比如人家男人，死了女人，也有再娶的，不過不把死的丟過不提，就是有情分了。』所以她雖然一和蕊官碰在一起，就談得『熱刺刺的丟不下』，而一面還肯冒大觀園之不韙，『滿面淚痕』的在杏子陰中，給死了的藥官燒紙，這一段故事，實在表現了最正常的人情物理！聽不聽由你，我只能說，假如我是個女人，我對於一個男人的品評，決不因為他妻死再娶，就壓低了他的人格。假如我是個女人，我決不在我生前，強調再婚男人之不足取。……」

大概是有了點酒意，我滔滔不絕的說下去，這是我和L太太不客氣的辯論之第一次。她雖然不再提起，但我知道她並不和我完全同意。

一年以後，有件事實，卻把她說服了。

從前和我們同住的T，也是和L同年結婚的，他們兩家住的極近。T太太也是一位極其溫柔和藹的女人，和L太太很合得來。T夫婦的情好自不必說。

一年以後，T太太因著難產，死在醫院裡，T是哭得死去活來，L太太一邊哭，一邊幫他收拾，他裝裝殮，幫他料理喪事，還幫他管家。那時L太太的兒子寶弟誕生不久，她也很忙，再兼管T的家事，弄得勞瘁不堪。

最後，她到底把T太太的妹妹介紹給T先生，促他訂婚，促他成禮。我在旁邊看著，覺得十分有趣，因此在T二次結婚的婚筵後，我同L夫婦緩步歸來，我笑著問L太太說：「假如你覺得男人人格的最高標準，是妻死不娶，你就不應當陷T於不義。」

她卻眼圈紅了，說：「×先生，請你不要再說了罷！」她的下淚，很出我意外，我從此就不再提。

但對於我之不娶，她仍是堅決的反對，這也許是她的報復，因為我不能反駁她。他們的兒子寶弟剛會說話，她就教他叫我「老丈人」。

直至抗戰那年，我離開北京，九歲的寶弟，和我握別的時候，還說：「老丈人，你回來的時候，千萬要把你的女兒，我的太太帶了回來！」

他問我要女兒，別說一個，要兩個也容易，但我的太太還沒有影子呢。

18・我的學生

S是在澳洲長大的——她的父親是駐澳的外交官——十七歲那年才回到中國來。她的祖父和我的父親同學，在她考上大學的第二天，她祖父就帶她來看我，託我照應。她考的很好，只國文一科是援海外學生之例，要入學以後另行補習的。

那時正是一個初秋的下午，我留她的祖父和她，在我們家裡吃茶點。我陪著她的祖父談天，她也一點不拘束的，和我們隨便談笑。我覺得她除了黑髮黑眼之外，她的衣著，表情，完全像一個歐洲的少女。她用極其流利的英語，和我談到國文，她說：「我曾經讀過國文，但是一位廣東教師教的，口音不正確……」

說到這裡，她極其淘氣的擠著眼睛笑了，『比如說，他說：『系的，系的，薩天常常薩雨。』你猜是什麼意思？他是說：『是的，是的，夏天常常下雨。』你看！」她說著大笑起來，她的祖父也笑了。

我說：「大學裡的國文又不比國語，學國語容易，只要你不怕說話就行。至於國文，要能直接聽講，最好你的國文教授，能用英語替你解說國文，你在班裡再一用心，就行了。」

她的祖父就說：「在國文系裡，恐怕只有你能用英語解說國文，就把她分在你的組裡罷，一切拜託了！」我只得答應了。

上了一星期的課，她來看我，說別的功課都非常容易，同學們也都和她好，只是國文仍是聽不懂。我說：「當然我不能為你的緣故，特別的慢說慢講，但你下課以後，不妨到我的辦公室裡，我再替你細講一遍。」她也答應了。

從此，她每星期來四次，要我替她講解。真沒看見過這樣聰明的孩子，進步像風一樣的快。一個月以後，她每星期只消來兩次，而且每次都是用純粹的流利的官話，和我交談。等到第二學期，她竟能以中文寫文章，她在我班裡寫的「自傳」長至九千字，不但字句通順，而且描寫得非常生動。這時她已成了全校師生嘴裡所常提到的人物了。

她學的是理科，第二年就沒有我的功課，但因為世交的關係，她還常常來看我。現在她已完全換了中服，一句英語不說，但還是同歐美的大女孩兒一樣的活潑淘氣。她常常對我學她們化學教授的湖南腔，物理教授的山東話，常常使全客廳的人們，笑得喘不過氣來。

她有時忽然說：「×叔叔，我祖父說你在美國一定有位女朋友，否則為什麼在北平總不看見你同女友出去？」或說：「眾位教授聽著！我的×叔叔昨天黃昏在校園裡，同某女教授散步，你們猜那位女教授是誰？」

她的笑話，起初還有人肯信，後來大家都知道她的淘氣，也就不理她。同時，她的朋友越來越多，課餘忙於開會、賽球、騎車、散步、溜冰、演講、排戲，也沒有工夫來吃茶點了。

以後的三年裡，她如同獅子滾繡球一般，無一時不活動，無一時不是使出渾身解數的在活動。在她，工作就是遊戲，遊戲就是工作。

早晨看見她穿著藍布衫，平底皮鞋，夾著書去上課；忽然又在球場上，看見她用紅絲巾包起頭，穿著白襯衣，黑短褲，同三個男同學打網球；一轉眼，又看見她騎著車，飛也似的掠過去，身上已換了短袖的淺藍絨衣和藍布長褲；下午她又穿著實驗白衣服，在化學樓前出現；

到了晚上，更摸不定了，只要大禮堂燈火輝煌，進去一看，臺上總有她，不是唱歌，就是演戲；在週末的晚上，會遇見她在城裡北京飯店或六國飯店，穿起曳地的長衣，踏著高跟鞋，戴著長耳墜，畫眉，塗指甲，和外交界或使館界的人們，吃飯，跳舞。

她的一切活動，似乎沒有影響到她的功課，她以很高的榮譽畢了業。她的祖父非常高興，並邀了我的父親來赴畢業會，會後就在我們樓裡午餐。

她們祖孫走後，我的父親笑著說：「你看S像不像一隻小貓，沒有一刻消停安靜！她也像貓一樣的機警聰明，雖然跳盪，卻一點不討厭。我想她將來一定會嫁給外交人員，你知道她在校裡有愛人罷？」

我說：「她的男朋友很多，卻沒聽說過有那一個特別好的，您說的對，她不會在同學中選對象，她一定會嫁給外交人員。但無論如何，不會嫁給一個書蟲子！」

出乎意外的，在暑期中，她和一位P先生宣佈訂婚，P就是她的同班，學地質土壤的。我根本沒聽說過這個人！問起P的業師們，他們都稱他是個絕好的學生，很用功，性情也沈靜，除讀書外很少活動。但如何會同S戀愛訂婚，大家都沒看出，也絕對想不到。

一年以後，他們結了婚，住在S祖父的隔壁，我的父親有時帶我們幾個弟兄，去拜訪他們。他們家裡簡直是「全盤西化」，家人僕婦都會聽英語，飲食服用，更不必說。S是地道的歐美主婦，忙裡偷閒，花枝招展。

我的父親常常笑對S說：「到了你家，就如同到澳洲中國公使館一般！」但是住在「澳洲中國公使館」的P先生，卻如同古寺裡的老僧似的，外面狂舞酣歌，他卻是不聞不問，下了班就躲在他自己的書室裡，到了吃飯時候才出來，同客人略一招呼，就低頭舉箸。倒是S常來招他說話，歡笑承迎。飯後我常常同他進入書室，在那裡，他的話就比較的多。

雖然我是外行，他也不憚煩的告訴許多關於地質土壤的最近發現，給我看了許多圖畫、照片、和標本。父親也有時捧了煙袋，踱了進來，參加我們的談話。他對P的印象非常之好，常常對我說：「P就是地質本身，他是一塊最堅固的磐石。S和一般愛玩漂亮的人玩膩了，她知道終身之託，只有這塊磐石最好，她究竟是一個聰明人！」

我離開北平的時候，到她祖父那裡辭行，順便也到P家走走。那時S已是三個孩子的母親，院子裡又添上了沙土池子，秋千架之類。家裡人口添了不少，有保姆、漿洗縫做的女僕、廚子、園丁、司機，以及打雜的工人等等。

所以，當S笑著說「後方見」的時候，我也只笑著說：「我這單身漢是拿起腳來就走，你這一個『公使館』如何搬法？」P也只笑了笑，說：「×先生，你到那邊若見有地質方面新奇的材料，在可能的範圍內，寄一點來我看看。」

從此又是三年——

忽然有一天，我在雲南一個偏僻的縣治旅行，騎馬迷路。那時已近黃昏，左右皆山，順著一道溪水行來，逢人便問，一個牧童指給我說：「水邊山後有一個人家，也是你們下江人，你到那邊問問看，也許可以找個住處。」

我牽著馬走了過去，斜陽裡一個女人低著頭，在溪邊洗著衣裳，我叫了一聲，她猛然抬起頭來，我幾乎不能相信我的眼睛，那用圓潤的手腕，遮著太陽，一對黑大的眼睛，向我注視的，不是S是誰？

我趕了過去，她喜歡的跳了起來，把洗的衣服也扔在水裡，嘴裡說：「你不嫌我手濕，就同我拉手！你一直走上去，山邊茅屋，就是我們的家。P在家裡，他會給你一杯水喝，我把衣裳洗起就來。」

三個孩子在門口草地上玩，P在一邊擠著羊奶，看見我，呆了一會，才歡呼了起來。四個人把我圍擁到屋裡，推我坐下，遞煙獻茶，問長問短。那最大的九歲的孩子，卻溜了出去，替我餵馬。

S提著一桶濕衣服回來，有一個小腳的女工，從廚房裡出來，接過，晾在繩子上。S一邊擦著手笑著走了進來，我們就開始了興奮而雜亂的談話，彼此互說著近況，從談話裡知道他們是兩年前來的，我問起她的祖父，她也問起我的父親。

S是一刻不停的做這個那個，她走到那裡，我們就跟到那裡談著。直到吃過晚飯，孩子們都睡下了，才大家安靜的，在一盞菜油燈周圍坐了下來。S補著襪子，P同我抽著柳州煙，喝著勝利紅茶談話。

S笑著說：「這是『公使館』的『山站』，我們做什麼就是得像什麼！×叔叔，這座茅屋，就是P指點著工人蓋的，門都向外開，窗戶一扇都關不上！拆了又安，安了又拆，折騰了幾十回。這書桌、書架、『沙發』椅子都是P同我自己釘的，我們用了七十八個裝煤油桶的木箱。還有我們的床，那是傑作，床下還有放鞋的矮櫃子。好玩的很，就同我們小時玩『過家家』似的，蓋房子，造傢具，抱娃娃，做飯，洗衣服，養雞，種菜，一天忙個不停，但是，真好玩，孩子們都長了能耐，連P也會做些家務事。我們一家子過著露營的生活，笑話甚多，但是，我們也時常讚談自己的聰明，凡事都能應付得開。明天再帶你去看我們的雞柵、羊圈、蜂房，還有廁所，……總而言之，真好玩！」

我凝視著她，「真好玩」三字就是她的人生觀，她的處世態度，別的女人覺得痛苦冤抑的工作，她以「真好玩」的精神，「舉重若輕」的應付了過去。她忙忙的自己工作，自己試驗，自己讚歎，真好玩！她不覺得是在做著大後方抗戰的工作，她就是蕭伯納所說的：「在抗戰時代，除了抗戰工作之外，什麼都可以做」的大藝術家！

當夜他們支了一張行軍床——也是他們自己用牛皮釘的——把我安放在P的書室裡，這是三間屋子裡最大的一間，兼做了客室、儲藏室等等。牆上仍是滿釘著照片圖畫，書架上磊著滿滿的書，牆角還立著許多鋤頭、鐵鏟、鋸子、扁擔之類。滅燈後月色滿窗，我許久睡不著，我想起北平的「澳洲中國公使館」，想起我的父親，不知父親若看了這個山站，要如何想法！

陽光射在我的臉上，一陣煎茶香味，侵入鼻管。我一睜眼，窗外是典型的雲南的海藍的天，門外悄無聲息。我輕輕的穿起衣服，走了出來，看見S躡手躡腳的在擺著早飯，抬頭看見我，便笑說：「睡得好罷？你騎了一天馬，一定累了，我們沒有叫你。P上班去了，孩子們也都上學了，我等著你一塊兒吃粥。」說著忙忙的又到廚房裡去了。

我在外間屋裡，一面漱洗，一面在充滿陽光的屋子裡，四周審視。「公使館」的物質方面，都已降低，而「公使館」的整潔美觀的精神，盡還存在，還添上一些野趣。飯桌上蒙著一塊白地紅花土布，一個大肚的陶罐裡，亂插著紅白的野花，桌上是一盤黃果，——四川人叫做廣柑——對面擺著兩個白盤子，旁邊是兩把紅柄的刀子，兩雙紅筷子，兩個紅的電木的洗手碗，兩塊白地紅花的飯巾……正看著，S端了一盤雞蛋炸饅頭片進來，讓我坐下，她自己坐在對面。我們一面剝黃果，一面談話。

白天看S，覺得她比三年前瘦了許多，但精神仍舊是很好，身上穿著藍地印白花的土布衫子，短襪子，布鞋；臉上薄施脂粉，指甲也染得很紅。我笑說：「你的化裝品都帶來了罷？」她也笑說：「都帶來了，可是我現在用的是鵝蛋粉，和胭脂棉。鳳仙花瓣和白礬搗了也可以染指甲。」

我們吃著S自製的鹹鴨蛋和泡菜，吃過稀飯，又喝了煎茶。坐了一會，S就邀我去參觀她的環境。出到門外，菜畦裡紅的是辣椒、西紅柿，綠的是豆子，黃的是黃瓜，紫的是茄子，周圍是一片一片的花畦，陽光下光豔奪目，蜂喧蝶鬧。菜園的後面，簡直像個動物園！十幾隻意大利的白雞，在沙地上吃食，三隻黑羊，兩隻狼犬——我的那匹馬也拴在旁邊——還有小孩子養的松鼠和白兔。一隻極胖的藍睛的暹羅貓，在籬隙出入跳躍。

轉到山後，便看見許多人家，Ｓ說這便是市中心，有菜場，有郵政代辦所，有中心小學校。Ｐ的地質調查所是全市最漂亮高大的房子，磚牆瓦頂，警察崗亭就設在門邊。我們穿過這條「大街」的時候，男女老幼，村的俏的，都向Ｓ招呼，說長道短。有個婦人還把一個病孩子，從門洞裡抱出來給Ｓ看。當我們離開這人家的時候，我笑說：「Ｓ，如今你不是公使夫人，而是牧師太太了！」她笑了一笑。

大街盡頭，便是五六幢和Ｓ的相似的房子，那是地質調查所同人的住宅。Ｓ也帶我進去訪問。那些太太們大都是外省人，看見我去都很親熱，讓坐讓茶。她們的房間和Ｓ的一樣，而陳設就很亂很俗，自己是亂頭粗服，孩子們也啼哭鬧。這些太太們不住的向我道歉，說是房間又小，用人又笨，什麼都不趁手，那能像北平、上海那樣的可以待客呢？我無聊的坐了一會，也就告辭了出來。

回來的路上，Ｓ請我先走，說她還要到小學裡去教一堂課。我也便不回來，卻走到地質調查所去找Ｐ，參觀了他們的工作。等到Ｐ下班，我們一同走出來，三個孩子十分高興的在門口等著，說是「媽媽燉了雞，烤了肉，蒸了蛋糕，請客人回去吃大饅頭去！」

午後我睡了一大覺，醒起便要走路，S和P一定不肯，說今晚要約幾個朋友來和我談談。S笑說還有幾位漂亮的太太。我說：「假如你們可憐我，就免了這一套吧，我實在怕見生人；還有，你也搬演不出「公使館」那一齣！」

P說：「也好，你再住一天，我們不請客人好了。」

S想了一會，笑了，說：「晚飯以前，我還有事，你們帶這幾個孩子到對山去玩去，六時左右，帶些紅杜鵑花回來。」我們答應了，孩子們歡呼著都跑到前面去了。

我和P對躺在山頭草地上，晒著太陽。我說：「你們這一對兒真好，你從前是那樣穩靜，現在也是那樣穩靜。S從前是那樣活潑，現在也是那樣活潑，不過比從前更老練能幹了，真是難得。」

P沈默了一會，說：「×先生，你只知道S活潑的一方面，還沒有看見她嚴肅的一方面。她處處求全，事事好勝，這一二年來，身體也大不如從前了！她一個人做著六七個人的事，卻從不肯承認自己的軟弱。你知道她歡喜引用中文成語——英文究竟是她的方言，她睡夢中常說英語——有時文不對題的使人發笑。有一天，我下班回來，發現她躺在床上，看見我就要起來。我按住了她，問她怎麼了，她說沒有什麼，只覺得有一點頭暈。我在邊坐了一會，她忽然說：『P，我這個人真是「心比天高，命比紙薄」。』我心裡忽然一陣難過，勉強笑說：『別胡說了，你知道「薄命」這兩個字，是什麼意思？』她卻流下淚來，轉身向裡躺著去了。×先生，你覺得……」

P說不下去了，我也不覺愕住，便說：「我自然看出S嚴肅的一方面，她如果不嚴肅，她不會認得你，她如果不嚴肅，她不會到內地來。她的身體是不如從前了，你要時時防護著她！至於她所說的那兩句話你倒不必存在心裡，她對於漢文是半懂不懂的。」P不言語，眼圈卻紅了。

這時候孩子們已抱著滿懷的紅杜鵑花，跑了上來，說：「我們該回去了，晚飯以前，我們還要換衣服呢！」

一進家門，那「幫工」的李嫂，穿著一身黑綢的衣褲，繫著雪白的圍裙，迎了出來，嘴裡笑著說：「客人們請客廳坐。」

我們進到中間屋裡，看見餐桌上鋪著雪白的桌布，點著輝煌的四支紅燭，中間一大盤的紅杜鵑花，桌上一色的銀盤銀箸，雪白的飯巾。我們正在詫愕，李嫂笑著打起臥房的布簾子，說：「太太！客人來了。」

S從屋裡笑盈盈的走了出來，身上穿著紅絲絨的長衣，大紅寶石的耳墜子，腳上是絲襪，金色高跟鞋，畫著長長的眉，塗上紅紅的嘴唇，眼圈邊也抹上淡淡的黃粉，更顯得那一雙水汪汪的俊眼——這一雙俊眼裡充滿著得意的淘氣的笑——她伸出手來，和我把握，笑說：「×先生晚安！到敝地多久了？對於敝處一切還看得慣罷？」我們都大笑了起來。

孩子們卻跑過去抱著S的腿，歡呼著說：「媽媽，真好看！」回頭又拍手笑說：「看！李嫂也打扮起來了！」李嫂忍著笑，走到廚房裡去了。

我們連忙洗手就座。因為沒有別的客人，孩子們便也上席，大家都興高采烈。飯後，孩子們吃過果點，陸續的都去睡了。S又煮起咖啡，我們就在廊上看月閒談。

看著S的高跟鞋在月下閃閃發光，我就說：「你現在沒有機會跳舞玩牌了罷？」

S笑說：「才怪！P的跳舞和玩牌都是到了這裡以後才學會的。晚飯後沒事，我就教給P打『密月』紙牌，也拉他跳舞。他一天工作怪累的，應當換一換腦筋。」

P笑說：「我倒不在乎這些個，我在北平的時候，就不換腦筋。我寧可你在一天忙累之後，早點休息睡覺，我自己再看一點輕鬆的書。」

我說：「S，你會開汽車罷？」

S說：「會的，但到這裡以後，沒有機會開了。」

我笑說：「你既會開車，就知道無論多好多結實的車子，也不能一天開到二十四小時，尤其在這個崎嶇的山路上。物力還應當愛惜，何況人力？你如今不是過著『電氣冰箱，抽水馬桶』的生活了，一切以保存元氣為主，不能一天到晚的把自己當做一架機器，不停的開著……」

S連忙說：「正是這話！人家以為我只會過『電氣冰箱，抽水馬桶』的生活……」

我攔住她：「你又來，總是好勝要強的脾氣！你如果把我當做叔叔，就應當聽我的話。」S笑了一笑，抬頭向月，再不言語。

第二天一早，我就騎著馬離開這小小的鎮市。P和S，和三個小孩子都送我到大路上，我回望這一群可愛的影子，心中忽然感激，難過。

回到我住處的第三天，忽然決定到重慶來。在上飛機之前，匆匆的給他們寫一封短信，謝謝他們的招待，報告了我的行蹤，並說等我到了重慶以後，安定下來，再給他們寫信——誰知我一到陪都，就患了一個月的重傷風，此後東遷西移，沒有一定的住址。

直到兩月以後，才給他們寫了一封很長的信，許久沒有得到回音。又在兩月以後，我在一個大學裡，單身教授的窗舍窗前，拆開了P的一封信。

×先生：

我何等的不幸，S已於昨天早晨棄我而逝！原因是一位同事出差去了，他的太太忽然得了急性盲腸炎。S發現了，立刻借了一部車子，自己開著，送她到省城。等到我下班，看見了她的字條，立刻也騎馬趕了去……那位太太已入了醫院，患處已經潰爛，幸而開刀經過良好，只是失血太多，須要輸血。那時買血很貴，那位太太因經濟關係，堅持不肯。S又發現她們的血是同一類型，她就輸給那太太二百CC的血。……我要她同我回來，她說那太太須要人照料，而又請不起特別護士，她必須留在那裡，等到她的先生來了再走。我拗她不過，所中公務又忙，只得自己先走……三星期之後，S回來了，瘦得不成樣子！原來在三星期之內，她輸給那太太四百CC的血。從此便躺了下去，有時還掙扎著起來，以後就走不動了。醫生發現她是得了黍形結核症，那是周身血管，都有了結核細菌，是結核症中最猛烈最無可救藥的一種！病源是失血太多，操勞過度，營養不足，……她生在上海，長在澳洲，嫁在北平，死在雲南，享年三十二歲……

如同雷轟電掣一般，我呆住了，眼前湧現了S的冷靜而含著悲哀的，抬頭望月的臉！想到她那美麗整潔的家，她的安詳靜默的丈夫，她的聰明活潑的孩子……

忽然廣場上一聲降旗的號角，我不由自主的，扔了手裡的信，筆直的站了起來。我垂著兩臂，凝望著那一幅光彩飄揚的國旗，從高杆上慢慢的降落了下來。在號角的餘音裡，我無力的坐了下去，我的眼淚，不知從那裡來的，流滿了我的臉上了！

19・我的鄰居

M太太是我的同事的女兒，也做過我的學生，現在又是我的鄰居。

我頭一次看見她，是在她父親的家裡——那年我初到某大學任教，照例拜訪了幾位本系裡的前輩同事——她父親很驕傲的將她介紹給我，說：「×先生，這是我的大女兒，今年十五歲了。資質還好，也肯看書，她最喜歡外國文學，請你指教指教她。」

那時M太太還是個小姑娘，身材瘦小，面色蒼白，兩條很粗的短髮辮，垂在腦後。說起話來很靦腆，笑的時候卻很「甜」，不時的用手指去托她的眼鏡。

我同她略談了幾句，提起她所已看過的英國文學，使我大大的吃驚！例如：哈代的全部小說集，她已看了大半；她還會背誦好幾首英國十九世紀的長詩……她父親又很高興的去取了一個小紙本來，遞給我看，上面題著「露珠」，是她寫的仿冰心「繁星」體的短篇詩集，大約有二百多首。我略翻了翻，念了一兩首，覺得詞句很清新，很瑩潔，很像一顆顆春晨的露珠。

我稱讚了幾句，她父親笑說：「她還寫小說呢——你去把那本小說拿來給×先生看！」她臉紅了說：「爸爸總是這樣！我還沒寫完呢。」一面掀開簾子，跑了出去，再不進來。她父親笑對我說：「你看她慣的一點規矩都沒有了！我的這幾個孩子，也就是她還聰明一點，可惜的是她身體不大好。」

一年以後，她又做了我的學生。大學一年級的班很大，我同她接觸的機會不多，但從她做的文課裡，看出她對於文學創作，極有前途；她思想縝密，描寫細膩，比其他的同學，高出許多。

此後因為我做了學生會出版組的顧問，她是出版組的重要負責人員，倒是常有機會談話。幾年來她的一切進步都很快，她的文章也常常在校外的文學刊物上出現，技術和思想又都比較成熟，在文學界上漸漸的露了頭角。

抗戰後一年，我到了昆明。朋友們替我找房子，說是有一位M教授的樓上，有一間房子可以分租，地點也好，離學校很近。我們同去一看，那位M太太原來就是那位我的同事的女兒！相見之下，十分歡喜。那房子很小，光線也不大好，只是從高高的窗口，可以望見青翠的西山。M家還有一位老太太，四個孩子，一個挨一個的，最小的不過有兩歲左右。M太太比從前更蒼白了，一瘦就顯得老，她彷彿是三十以外的人了。

說定了以後，我拿了簡單的行李，一小箱書，便住到M家的樓上。那天晚上，便見著M先生，他也比從前瘦了，性情更顯得急躁，彷彿對於一切都覺得不順眼。他帶著三個大點的孩子，在一盞陰暗的煤油燈下，吃著晚飯。老太太在廚房裡不知忙些什麼。M太太抱著最小的孩子，出出進進，替他們端菜盛飯，大家都不大說話。我在飯桌旁邊，勉強坐了一會，就上樓去了。

住了不到半個月，我便想搬家，這家庭實在太不安靜了，而且陰沈得可怕！這幾個孩子，不知道是因為營養不足，還是其他的緣故，常常哭鬧。老太太總是叨叨嘮嘮的，常對我抱怨M太太什麼都不會。M先生晚上回來，才把那些哭聲怨聲壓低了下去，但頓時樓下又震盪著他的罵孩子，怪太太，以及憤時憂世的怨怒的聲音。他們的臥室，正在我的底下，地板壞了，逗不上筍來。

我一個人，總是靜悄悄的，而樓下的聲音，卻是隱約上騰，半夜總聽見喳喳喊喊的，「如哭如訴」有時忽然聽見M先生使勁的摔了一件東西，生氣的嚷著，小孩子忽然都哭了起來，我就半天睡不著覺！

正在我想搬家的那一天早晨，走到樓下，發現屋裡靜悄悄的，沒有一個人。我叫了一聲，看見M太太扎煞著手，從廚房裡出來。她一面用手背掠開了垂拂在臉上的亂髮，一面問：「×先生有事麼？他們都出去了。」

我知道這「他們」就是老太太同M先生了，我就問：「孩子們呢？」她說：「也出去了，早飯沒弄得好，小菜又沒有了，他們說是出去吃點東西。」她嘴唇顫動著慘笑一下，說：「我這個人真不中用，從小就沒學過這些事情。母親總是說：『幾毛錢一件的衣工，一兩塊錢一雙皮鞋，這年頭女孩子真不必學做活了，還是念書要緊，念出書來好掙錢，我那時候想念書，還沒有學校呢。』父親更是由著我，我在家裡簡直沒有進過廚房……您看我生火總是生不著，反弄了一廚房的煙！」

說著又用烏黑的手背去擦眼睛。我來了這麼幾天，她也沒有跟我說過這麼多的話。我看她的眼睛又紅又腫，聲音也啞著，我知道她一定又哭過，便說：「他們既然出去吃了，你就別生火罷。你趕緊洗了手，我樓上有些點心，還有罐頭牛奶，用暖壺裡的水沖了就可吃，等我去取了來。」我不等她回答便向樓上走，她含著淚站在樓梯邊呆望著我。

M太太一聲不言語的，呆呆的低頭調著牛奶，吃著點心。過了半天，我就說：「昆明就是這樣好，天空總是海一樣的青！你記得卜朗寧夫人的詩罷……」

正說著，忽然一聲悠長的汽笛，慘厲的叫了起來，接著四方八面似乎都有汽笛在叫，門外便聽見人跑。M太太倏的站了起來，顫聲說：「這是警報！孩子們不知都在那裡？」

我也連忙站起來，說：「你不要怕，他們一定就在附近，等我去找。」我們正望門外走，老太太已經帶著四個孩子，連爬帶跌的到了門前，原來M先生說是學校辦公室裡還有文稿，他去搶救稿子去了，卻把老的小的打發回家來！

我幫著M太太把小的兩個抱起，M太太看著我，驚慌的說：「×先生，我們要躲一躲吧？」

我說：「也好，省得小孩子們害怕。」

我們胡亂收拾點東西，拉起孩子，向外就走。忽然老太太從屋裡抱著一個大藍布包袱，氣急敗壞的一步一跌的出來，嘴裡說：「別走，等等我！」

這時頭上已來了陣極沈重的隆隆飛機聲音。我抬頭一看，蔚藍的天空裡，白光閃爍，九架銀灰色的飛機，排列著極整齊的隊伍，穩穩的飛過。一陣機關槍響之後，緊接著就是天塌地陷似的幾陣大聲，門窗震動。小孩子哇的一聲，哭了起來，老太太已癱倒在門邊。這時我們都擠在門洞裡，M太太面色慘白，緊緊的抱著幾個孩子，低聲說：「莫怕莫怕，×先生在這裡！」

我一面扶起老太太，說：「不要緊了，飛機已經過去了！。」

正說著街上已有了人聲，家家門口有人湧了出來，紛紛的驚惶的說話。

M太太站起拍拍衣服，拉著孩子也出到門口。我們站著聽了一會，天上已經沒有一點聲息。

我說：「我們進去歇歇罷，敵機已經去了。」

M太太點了點頭，我又幫她把孩子抱回屋去。自己上得樓來，剛剛坐定，便聽見M先生回來，他一進門就大聲嚷著：「好，沒有一片乾淨土了，還會追到昆明來！我剛抱出書包來，那邊就炸到了這班鬼東西！」

從那天起，差不多就天天有警報。M太太卻總是警報前出去，解除後才回來，還抱怨家裡沒有早預備飯。M太太一聲兒不言語，腫著眼泡，低頭出入。有時早晨她在廚房裡，看見我下樓打臉水，就怯怯的苦笑問：「×先生今天不出去罷？」我總說：「不到上課的時候，我是不會走的，你有事叫我好了。」

老太太不肯到野外去，怕露天不安全，她總躲在城牆邊一個防空洞裡。我同M太太就帶著孩子跑到城外去。我們選定了一片大樹下，壕溝式的一塊地方，三面還有破土牆擋著。孩子們逃警報也逃慣了，他們就在那壕溝裡蓋起小泥瓦房子，插起樹枝，天天繼續著工作。最小的一個，往往就睡在母親的手臂上。我有時也帶著書去看。午時警報若未解除，我們就在野地裡吃些乾點充饑。

坐在壕溝裡無聊，就閒談，從M太太零碎的談話裡，我猜出她的許多委屈。她從來不曾抱怨過任何人，連對那幾個不甚討人喜歡的孩子，她也不曾表示過不滿。她很少提起家裡的事，可是從她們的衣服飲食上，我知道她們是很窮困。眼看著她一天一天的憔悴下去，我就想幫她一點忙。有一次我就問她願不願去教書，或是寫幾篇文章，拿點稿費。家務事有老太太照管，再雇個用人，也就可以做得開了，她本來不喜歡做那些雜務，何必不就「用其所長」？

M太太盤著腿坐在地上，抱著孩子，輕輕的搖動，靜靜的聽著，過了半天才抬起頭來，說：「×先生，謝謝你的關懷，這些事我都已想過了，我剛來的時候，也教過書，學校裡對於我，比對我的先生還滿意。」

說到這裡，她微笑了，這是我近來第一次見到的笑容！她停了一會說：「後來不知如何，他就反對我出去教書……老太太也說那幾個孩子，她弄不了，我就又回到家裡來。以後就有幾個朋友同事，來叫我寫稿子。×先生，你知道我從小喜歡寫文章，尤其是現在，我一拿起筆，一肚子的……一肚子的事，就奔了出來。眼前一切就都模糊恍惚，在寫作裡真可以逃避了許多現實……」

她低頭玩弄著孩子襟上的鈕釦，微微的歎了一口氣，說：「但是現實還是現實，一聲孩子哭，一個客人來，老太太說東說西，老媽子問長問短，把我的文思常常忽然驚斷，許久許久不能再拿起筆來。而且——寫文章實在要心境平靜，雖然不一定要快樂，而我現在呢？不用說快樂，要平靜也就很難很難的了！

「寫了兩篇文章，我的先生最先發現寫文章賣錢，是得不償失！稿費增加和工資增加的速度，幾乎是一與百之比，衣工，鞋價，更不必說，靠稿費來添置孩子衣服，固然是夢想，寫五千字的小說，來換一雙小鞋子，也是不可能。沒有了鼓勵，沒有了希望，而寫文章只引起自己傷心……家人責難的時候，我便把女工辭退了。其實她早就要走——我們家錢少，孩子多，上人脾氣又不大好，沒有什麼事使她留戀的，不像我……我是走不脫的！

「我生著火，揀著米，洗著菜，縫著鞋子，補著襪子，心裡就像枯樹一般的空洞，痲木。本來，抗戰時代，有誰安逸？能安逸的就不是人！我不求安逸，我相信我雖沒有學過家務，我也能將就的做，而且我也不怕做，勞作有勞作的快樂，只要心裡能得到一點安慰，溫暖……

「我沒有對任何人說過任何言語，自己苦夠了，這萬方多難的年頭，何必又加上別人的痛苦？對我的父母，我是更不說的。父親從北方來信，總是說：『南國濃郁明艷的風光，不知又添了你多少詩料，為何不寄點短詩給爸爸看？』最近不知是誰，向他們報告了這裡的實況，母親很憂苦的寫了信來，說：『我不知道你們那裡竟是這個樣子！老太太總該可以幫幫忙吧？早知如此，我當初不該由著你讀書寫字，把身體弄壞了，家事也一點不會。』她把自己抱怨了一頓，我看了信，真是心如刀割。我自己痛苦不要緊，還害得父親為我失望，母親為我傷心。×先生，這真是『琵琶記』裡蔡中郎所說的『文章誤我，我誤爹娘』了！」她說著忍不住把孩子推在一邊，用衣襟掩著臉大哭了起來。

孩子們也許看慣了媽媽的啼笑，呆立了一會，便慢慢走開，仍去玩耍。我呢，不知道怎樣勸她，也想她在家裡整天的淒涼掩仰，在這朗闊的野外，讓她恣情的一慟，倒也是一種發洩，我也便悄悄的走向一邊……

我真不想再住下去了，那時學校裡已放了暑假。城牆邊的防空洞曾震塌了一次，壓傷了許多人，M老太太幸而無恙。我便攛掇他們疏散到鄉下去。我自己也遠遠的搬到另一鄉村裡的祠堂裡住下——在那裡，我又遇到了一個女人！

20．我的朋友的母親

今年春天，正在我犯著流行性感冒的時候，K的母親——K老太太來看我。

那是下午三時左右，我的高熱度還未退清，朦朦朧朧的覺得有人站在我床前。我掙扎著睜開眼睛，K老太太含著滿臉的微笑，搖手叫我別動。她自己拉過一張凳子，就坐在床邊，一面打開一個手絹包兒，一面微笑說：「我聽見K說你病了好幾天了，他代了你好幾堂課。我今天新蒸了一塊絲糕，味兒還可口，特地送來給你嚐嚐。」她說著就把一碟子切成片兒嫩黃噴香上面嵌著紅棗的絲糕，送到我枕畔。我連忙欠身起來道謝，說「難得伯母費心」，一面又喊工友倒茶。

K老太太站起來笑說：「你別忙，我剛才來的時候，甬道裡靜悄悄的沒有一個人。這時候大家都上著課，你再一病倒睡著，他們可不就都偷懶出去了？我要茶自己會倒！」她走向桌邊，拿起熱水壺來，搖了搖，笑說：「沒有開水了，我在家裡剛喝了茶來的，倒是你恐怕渴了，我出去找點水你喝。」我還沒有來得及攔住她，她已經拿著熱水壺出去了。

我趕緊坐起，把衾枕整理了一下，想披衣下床，一陣頭昏，只得又躺下去。

K老太太又已經進來，倒了一杯熱茶，放在我床前凳子上。我笑著謝說：「這真是太罪過了，叫老太太來服侍我——」K老太太一面坐下，也笑著說：「那裡的話，這是我應該做的事。你們單身漢真太苦了，病了連一杯熱水都喝不到！你還算好，看你這屋子弄得多麼乾淨整潔，K就不行，他一輩子需要人照應，母親，姐姐，太太——」我說：「K從小是個有福氣的人——他太太近來有信麼？」

老太太搖了搖頭，忽然看著我說：「F小姐從軍去了，今早我去送她的……」

我不覺抬頭看著K老太太。

K老太太微笑著歎了一口氣，把那塊手絹平鋪在膝上，不住的摩撫著，又抬頭看著我說：『你和K這樣要好，這件事你一定也知道了。說起F小姐，真是一個溫柔的女子，性格又好，模樣兒也不錯，琴棋書畫，樣樣都來得，和K倒是天生一對——不過我覺得假若由他們那樣做了，我對不起我北平那個媳婦，和三個孫兒。」

我沒有言語，只看著老太太。

老太太面容沈寂了下來：「我知道K什麼事都不瞞你，我倒不妨同你細談——假如你不太累。K這兩天也不大開心呢，你好了請你從旁安慰安慰他。」

我連忙點了點頭，說：「那是一定。K真是一個實心的人，什麼事都不大看得開！」

老太太說：「可不是！他從前不是在法國同一個女孩子要好，沒有成功，傷心的了不得，回國來口口聲聲說是不娶了，我就勸他，我說：『你父親早撇下我走了，我辛苦半生，好容易把你和你姊姊撫養大了，你如今學成歸國，我滿心希望你成家立業，不但我看著高興，就是你父親在天之靈，也會安慰的。你為著一個異種外邦的女人，就連家庭也不顧了，虧得你平常還那樣孝順！本來結婚就不是一個人的事，你的妻子也就是你父母的兒媳，你孩子的母親。你不要媳婦我還要孫子呢，而且你還是個獨子！』他就說：『那麼您就替我挑一個罷，只要您高興就行。』這樣他就結了婚，那天你不是還在座？」

我又點一點頭，想堪了許多K的事情。

「提起我的媳婦，雖不是什麼大出色的人物，也還是個師範畢業生，穩穩靜靜的一個人，過日子，管孩子，也還過得去。我對她是滿意的，何況她還替我生了三個白白胖胖的孫兒？」

老太太微笑了，滿面的慈祥，凝望的眼光中似乎看見了K的兩幾個圓頭圓臉，歡蹦亂跳的孩子。

「K也是真疼他那幾個孩子，有了孩子以後，他對太太也常是有說有笑的。你記得我們北平景山東街那所房子罷？真是『天棚魚缸石榴樹』，K每天下課回來，澆澆花，看看魚，畫畫，寫字，看看書，抱抱孩子，真是很自得的，我在一旁看著，自然更高興，這樣過了十年——其實那時候，F小姐就已經是他的助教了，他們並沒有怎麼樣……

「後來呢，就打起仗來了，學校裡同事們都紛紛南下，也有帶著家眷走的。那時也怪我不好，我不想走，我扔不下北平那個家，我又不願意他們走，我捨不得那幾個孩子。我對K說：『我看這仗至多打到一兩年，你是有職分的人，暫時走開也好，至於孩子們和他們的母親，不妨留著陪我，反正是一門老幼，日本人不會把我們怎麼樣。』K本來也不想帶家眷，聽了我的話，就匆匆的自己走了，誰知道一離開就是八年。

「我們就關起門來，和外面不聞不問，整天只盼著K的來信，這樣的過了三四年。起先還能接到K的信和錢，後來不但信稀了，連撥款也十分困難。我那媳婦倒是把持得住，仍舊是時時靜靜的服侍著我，看著孩子過日子，我手裡還有些積蓄，家用也應付得開。三年前我在北平得到K的姐夫從香港打來的電報，說是我的女兒病重，叫我就去，我就匆匆的離開了北平，誰想到香港不到十天，我的女兒就去世了……」

老太太眼圈紅了，摺起那塊手絹來，在眼邊輕輕的按了一按，我默默的將那杯茶推到她的面前。

老太太勉強笑了笑，端起茶杯來，呷了一口就又放下。

「誰又知道我女兒死後不過十天，日本人又佔領了香港，我的女婿便趕忙著要退到重慶來。他問我要不要回北平？若是要回去呢，他就託人帶我到上海。我那時方寸已亂，女兒死了，兒子許久沒有確實消息，只聽過往的人說他在重慶生活很苦，也常生病，如今既有了見面的可能，我就壓制不住了。我對我女婿說：『我還是跟你走罷，後方雖苦，可是能同K在一起。北平那方面，你弟婦還能幹，丟下他們一兩年也不妨。』這樣，我又從韶關、桂林、貴陽，一路跋涉到了這裡……

「看見了K，我幾乎哭了出來，誰曉得這幾年的工夫，把我的兒子折磨得形容也憔悴了，衣履也襤褸了！他看見我，意外的歡喜，聽到他姐姐死去的消息，也哭了一場。過後才問起他的孩子，對於他的太太卻淡淡的不提，倒是我先說了幾句。問起他這邊的生活，他說和大家一樣，衣食住都比從前苦得多，不過心理上倒還痛快。說到這裡，他指著旁邊的F小姐，說：『您應當謝謝F小姐，這幾年來，多虧她照應我。』我這時才發覺她一直站在我們旁邊。

「F小姐也比從前瘦了，而似乎出落得更俊俏一些，她略帶羞澀的和我招呼，問起她在北平的父母。我說我在北平的時候，常和他們來往，他們都老了一點，生活上還過得去……說了一會，F小姐便對K說：『請老太太和我們一塊兒用飯罷？』K點頭說好，我們就一同到F小姐住處去。

「在我找到房子以後，就住在F小姐那裡，她住著兩間屋子，用著一個女工，K一向是在那裡用飯的，衣服也在那邊洗。我在那邊的時候，K自然是整天同我們在一起，到晚上才回到宿舍去。我在一旁看著，覺得他們很親密，很投機，一塊兒讀書說畫，F小姐對於K的照應體貼，更是無微不至。他們常常同我說起，當初他們一路出來，怎樣的辛苦，危險；他們怎樣的一塊逃警報，有好幾次幾乎炸死；K病了好幾場，有一次患很重的猩紅熱，幾乎送了命。這些都是K的家信中從來不提的，他們說起這些經歷的時候，都顯得很興奮，很緊張，K也總以感激溫存的眼光，望著F小姐。我自然也覺得緊張，感激，而同時又起一種說不上來的不安情緒。

「等到我搬了出來，便有許多K的同事的太太，來訪問我，吞吞吐吐的問我K的太太為何不跟我一同出來？我說本來是只到香港的，因此也沒想到帶著他們。這些太太們就說：『如今老太太來了就好了，否則K先生一個人在這裡真怪可憐的——這年頭一個單身人在外面真不容易，生活太苦，而且——而且人們也愛說閒話！』她們又問F小姐和我們有沒有親戚關係？她的身世如何？我就知道話中有因，也就含含糊糊的答應，說F家同我們是世交，F小姐從一畢業就做著K的助教。她對人真好，真熱心，她對於K的照應幫忙，我是十分感激的。

「不過我不安的情緒，始終沒有離開我，我總惦記著北平那些孩子，我總彎著想同K說開了。所以就趁著有一天，我們的女工走掉了，K向我提議說：『媽媽不必自己辛苦了，我們還是和F小姐一塊兒吃去罷，就是找到了女工，以後也不必為飯食麻煩，合起來吃飯，是最合理的事。』我就說：『我難道不怕麻煩，而且我歲數大了，又歷來沒有做過粗活，也覺得十分勞瘁，不過我寧可自己操勞些，省得在一起讓人說你們的閒話！』K睜著大眼看著我，我便委婉的將人們的批評告訴了他，又說：「我深知你們兩個心裡都沒有什麼，抗戰把你們拉在一起，多同一次患難，多添一層情感。你是有家有孩子的人，散了就完了，散了就完了，人家F小姐一個多才多藝的女子，豈不就被你耽誤了？』K低著頭沒有說什麼，從那時起，一直沈默了四五天。

「到了第六天的夜裡，我已經睡下了，他摸著黑進來，坐在我的床沿，拉著我的手，說：『媽媽，我考慮了四五天，我不能白白的耽誤人家。我相信我們分開了，是永遠不會快樂的，我想——我想同北平那個離了婚……』我沒有言語，他也不往下說，過了半天，他俯下來搖我，急著說：『怎麼，媽媽，您在哭？』我忍不住哭了出來，說：『我哭的是可憐你們這班苦命的人，你命苦，F小姐也命苦，最苦命的還是北平你那個媳婦和三個孩子。他們沒有對不起任何人，他們辛辛苦苦的在北平守著，等待著團圓的一天。我走了，算不了什麼，就是苦命，也過了一輩子了。你若是……還是我回去守著他們罷！』這時K也哭了，緊緊握了我的手一下，就轉身出去。」

老太太咽住了，又從袖口裡掏手絹，我趕緊笑說：「對不起，伯母，請您給我一杯水，這絲糕放在這裡怪香的，我想吃一塊。「老太太含著淚笑著站起，倒了兩杯茶來，我們都拈起絲糕來吃著。暫時不言語。

老太太咳嗽了一聲，用手絹擦一擦嘴，說：「我想了一夜，第二天一早，我就去看F小姐。她正要上課去，看見了我，臉上顯出十分驚訝，我想我的神色一定很不好，我說：『對不住，我想耽誤你半天工夫，來同你談一件事。」她的面色倏然蒼白了，連忙回身邀我進到內屋去，把門扣上，自己就坐在我的旁邊，靜靜的等著。我停了半天，忍不住又哭了，我說：『F小姐，我不會繞彎兒說話，聽說K想同你結婚？』F小姐的臉飛紅了，正要說話，我按住她的手，說：『你別著急，這自然是K一方面的癡心妄想，不是我做母親的誇自己的兒子，K和你倒是天生的一對，可惜的是他已經是有妻有子的人了……』F小姐沒有說話，只看著我。我說：『自然現在有妻有子的人離婚的還多得很，不過，K你是曉得的，極其疼愛他的孩子，同時他太太也沒有對不起他的地方。」F小姐低下頭去，我又說：『F小姐，你從小我就疼你，佩服你，假如你是我的親女兒，我決不願你和一個離過婚的人結婚，在他是一個幸福，在你卻太不值得了！』我撫摩著她的手，說：『你想想，從前在北平的時候，你還不是常常到我們家裡來？你對他發生過感情沒有？我準知道那時你的理想，也不是像他那樣的人。只因打了仗，你們一同出來，患難相救護，疾病相扶持，這種同甘苦，相感激的情感的積聚，便發生了一種很堅固的友情——同時大家想家，大家寂寞，這孤寂的心，就容易拉到一起。戰爭延長到七八年，還家似乎是不可能的事，家裡一切，一天一天的模糊，眼前一切，一天一天的實在。弄到後來，大家弄假成真的，在雲霧中過著苟安昏樂的日子——等到有一天，雨過天青，太陽衝散了雲霧，日影下，大家才發現在糊裡糊塗之中，喪失了清明正常的自己！

「你看見過坐長途火車的沒有？世界小，旅途長，素不相識的人也殷勤的互相自己介紹，親熱的敘談，一同唱歌，一同玩牌，一同吃喝，似乎他們已經有過終身的友誼。等到目的地將到，大家紛紛站起，收拾箱籠，倚窗等望來接他們的親友，車一開入站，他們就向月臺上的人招手歡呼，還不等到車停，就趕忙跳了下去。能想起回頭向你招呼的，就算是客氣的人，差不多的都是頭也不回的就走散了。戰事雖長，也終有和平的一天，有一天，勝利來到，驚喜襲擊了各個人的心，那時真是『飛鳥各投林』，所剩下的只是一片白茫茫的大地。

「假如你們成功了呢，你們是回去不回去？假如是回去了呢，你是個獨女，不能不見你的父母？K也許可以不看他的太太，而那幾個孩子，他是捨不得丟開的。你們仍舊生活在從前環境中間，我不相信你們能夠心安理得，能夠快樂，能夠自然。人們結婚後不是兩個人生活在孤島上，就是在孤島上，過了幾天，幾月，幾年以後，也會厭倦膩煩，而渴望孤島外的一切。你對K的認識，沒有我清楚，他就像他的父親，善感，易變，而且總傾向於憂鬱，他永沒有完全滿足快樂的時候，總是追求著什麼。在他不滿足，憂鬱的情境之中，他實在是最快樂的，你也許不懂得我的話，因為你沒有同這樣的一個人，共同生活過。

「所以我替你想，為你的幸福起見，我勸你同K分開，『眼不見為淨』。你年紀輕輕的，人品又好，學問又好，前途實在光明得很──我離開北平之前，你母親還來找我，說香港和重慶通訊容易，要我替她寫信給你，說他們老了，這戰事不知幾時才完，他們不知道將來能不能見著你，他們別無所囑，只希望你謹慎將事，把終身託付給一個能愛護你，有才德的人。我提到這些，就是提醒你，K一輩子是個大孩子，他永遠需要別人的愛護，而永遠不懂得愛護別人，換句話說，就是他有他自己愛護的方法！我把話都說盡了，你自己考慮考慮看。」這時F小姐已哭得淚人兒一般……

「我正在勸慰她，忽然聽見K在外面叫我，我趕緊把門反掩上，出來便往家走，K一聲不響的跟著我回來。

「此後我絕口不提這件事，K的情緒反而穩定了下來。我不知道他同F小姐又談過沒有，我只靜候著他們的決定。終於在前天夜裡，K告訴我說F小姐決定從軍去了，明天便走，她希望我能去送她。K說著並沒有顯出特別的悲傷，我反而覺得難過。這女孩子真是聰明，有決斷！不是我心硬，我相信軍隊的環境和訓練，是對她好的，至少她的積壓的寂寞憂傷，有個健全高尚的發洩。今早我去送她，她沒有掉下一滴淚，昂著頭，挺著胸，就上了車……咳，都是這戰爭攪得人亂七八糟的……」

老太太停住。這一篇話聽得我淒然而又悚然，我便笑說：「伯母也不必再難過了，這件事總算告一段落，我想他們將來都會感激您的。伯母！我真是佩服您，怪不得朋友們都誇您通今博古，您說起文哲名詞來，都是一串一串的！」老太太笑了，說：「別叫你們年輕人笑話，我小的時候，也進過幾天的『洋學堂』，如今英文差不多都忘光了，不過K的中文雜誌書籍，我還看得懂——我看我該走了，你也乏了，我也出來了半天。你想吃什麼，只管打發人去告訴我，我就做了送來。」她說著一面站起要走。

我欠起身來，說：「對不起，我不能送了。您來這麼一說，我倒覺得清醒了許多。您若不嫌單身漢屋裡少茶沒水的，就請常過來坐坐。」老太太站住了，笑說：「真的，聽說從前有人同你提過F小姐，你為什麼不答應？你答應了多好，省去許多麻煩。」我笑說：「不是我不答應，我是不敢答應，她太多才多藝了，我不配！」老太太笑著搖頭說：「那裡的話，你是太眼高了，不是我說你，『越挑越眼花』！」

老太太的腳聲，漸漸的在甬道中消失了。我凝望著屋頂，反覆咀嚼著「飛鳥各投林」這一句話！

這時窗外的暮色，已經壓到屋裡來了！

21・南歸——獻給母親在天之靈

去年秋天，楫自海外歸來，住了一個多月又走了。他從上海十月三十日來信說：「今天下午到母親墓上去了，下著大雨。可是一到墓上，陽光立刻出來。母親有靈！我照了六張相片。照完相，雨又下起來了。姊姊！上次離國時，母親在床上送我，囑咐我，不想現在是這樣的了！」

我的最小偏憐的海上飄泊的弟弟！我這篇《南歸》，早就在我心頭，在我筆尖上。只因為要瞞著你，怕你在海外孤身獨自，無人勸解時，得到這震驚的訊息，讀到這一切刺心刺骨的經過。我挽住了如瀾的狂淚，直待到你歸來，又從我懷中走去。在你重過飄泊的生涯之先，第一次參拜了慈親的墳墓之後，我才來動筆！你心下一切都已雪亮了。大家顫慄相顧，都已做了無母之兒，海枯石爛，世界上慈憐溫柔的恩福，是沒有我們的份了！我縱然盡寫出這深悲極慟的往事，我還能在你們心中，加上多少痛楚?!我還能在你們心中，加上多少痛楚?!

現在我不妨解開血肉模糊的結束，重理我心上的創痕。把心血嘔盡，眼淚傾盡，和你們恣情開懷的一慟，然後大家飲泣收淚，奔向母親要我們奔向的艱苦的前途！

我依據著回憶所及，並參閱藻的日記，和我們的通信，將最鮮明，最靈活，最酸楚的幾頁，一直寫記了下來。我的握筆的手，我的筆兒，怎想到有這樣運用的一天！怎想到有這樣運用的一天！

前冬十二月十四日午，藻和我從城中歸來，客廳桌上放著一封從上海來的電報，我的心立刻震顫了。急忙的將封套拆開，上面是「母親云，如決回，提前更好」，我念完了，抬起頭來，知道眼前一片是沉黑的了！

藻安慰我說：「這無非是母親想你，要你早些回去，決不會怎樣的。」我點點頭。上樓來脫去大衣，只覺得全身戰慄，如冒嚴寒。下樓用飯之先，我打電話到中國旅行社買船票。據說這幾天船隻非常擁擠，須等到十九日順天船上，才有艙位，而且還不好。我說無論如何，我是走定了。即使是豬圈，是狗竇，只要能把我渡過海去，我也要蜷伏幾宵——就這樣的定下了船票夜裡如同睡在冰穴中，我時時驚躍。我知道假如不是母親病的危險，父親決不會在火車斷絕，年假未到的時候，催我南歸。他擬這電稿的時候，雖然有萬千的斟酌使詞氣緩和，而北後隱隱的著急與悲哀是掩不住的——藻用了無盡的言語來溫慰我；說身體要緊，無論怎樣，在路上，在家裡，過度的悲哀與著急，都與自己母親是無益有害的。這一切我也知道，便飲淚收心的睡了一夜。

以後的幾天，便消磨在收拾行裝，清理剩餘手續之中。那幾天又特別的冷。朔風怒號，樓中沒有一絲暖氣。晚上藻和我總是強笑相對，而心中的怔忡，孤懸，恐怖，依戀，在不語無言之中，只有鐘和燈知道了！

傑還在學校裡，正預備大考。南歸的訊息，縱不能瞞他，而提到母親病的推測，我們在他面前，總是很樂觀的，因此他也還坦然。天曉得，弟弟們都是出乎常情的信賴我。他以為姊姊一去，母親的病是不會成問題的。可憐的孩子，可祝福的無知的信賴！

十八日的下午四時二十五分的快車，藻送我到天津。這是我們蜜月後的第一次同車，雖然仍是默默的相挨坐著，而心中的甜酸苦樂，大不相同了！窗外是凝結的薄雪，窗隙吹進砭骨的冷風，斜日黯然，我已經覺得腹痛。怕藻著急，不肯說出，又知道說了也沒用，只不住的喝熱茶。七點多鐘到天津，下了月台，我已痛得走不動了。好容易掙出站來，坐上汽車，逕到國民飯店，開了房間，我一直便躺在床上。藻站在床前，眼光中露出無限的驚惶：「你又病了？」我呻吟著點一點頭。——我以後才發現這病是慢性的盲腸炎。這病根有十年了，一年要發作一兩次。每次都痛徹心腑，痛得有時延長至十二小時。行前為預防途中復發起見，曾在協和醫院仔細驗過，還看不出來。直到以後從上海歸來，又患了一次，醫生才絕對的肯定，在協和開了刀，這已是第二年三月中的事了。

這夜的痛苦，是逐秒逐分的加緊，直到夜中三點。我神志模糊之中，只覺得自己在床上起伏坐臥，嘔吐，呻吟，連藻的存在都不知道了。中夜以後，才漸漸的緩和，轉過身來對坐在床邊拍撫著我的藻，作頹乏的慘笑。他也強笑著對我搖頭不叫我言語。慢慢的替我卸下大衣，嚴嚴的蓋上被。我覺得剛一閉上眼，精魂便飛走了！

醒來眼裡便滿的淚；病後的疲乏，臨別的依戀，眼前旅行的辛苦，到家後可能的恐怖的事實，都到心上來了。對床的藻，正做著可憐的倦夢。一夜的勞瘁，我不忍喚醒他，望著窗外天津的黎明，依舊是冷酷的陰天！我思前想後，除了將一切交給上天之外，沒有別的方法了！

這一早晨，我們又相倚的坐著。船是夜裡十時開，藻不能也不敢說出不讓我走的話，流著淚告訴我：「你病得這樣！我是個窮孩子，忍心的丈夫，我不能陪你去，又不能替你預備下好艙位，我讓你自己在這時單身走！」他說著哽咽了。我心中更是甜酸苦辣，不知怎麼好，又沒有安慰他的精神與力量，只有無言的對泣。

還是藻先振起精神來，提議到梁任公家裡，去訪他的女兒周夫人，我無力的贊成了。到那裡蒙他們夫婦邀去午飯。席上我喝了一杯白蘭地酒，覺得精神較好。周夫人對我提到她去年的回國，任公先生的病以及他的死。悲痛沉摯之言，句句使我聞之心驚膽躍，最後實在坐不住，掙扎著起來謝了主人。發了一封報告動身的電報到上海，兩點半鐘便同藻上了順天船。

房間是特別官艙，出乎意外的小！又有大煙囪從屋角穿過。上鋪已有一位廣東太太占住，箱兒簍子，堆滿了一屋。幸而我行李簡單，只一副臥具，一個手提箱。藻替我鋪好了床，我便蜷曲著躺下。他也蜷伏著坐在床邊。門外是笑罵聲，叫賣聲，喧呶聲，爭競聲；雜著油味，垢膩味，煙味，鹹味，陰天味；一片的擁擠，窒塞，紛擾，叫囂！我忍住呼吸，閉著眼。藻的眼淚在我的臉上：「愛，我恨不能跟了你去！這種地方豈是你受得了的！」我睜開眼，握住他的手：「不妨事，我原也是人類中之一！」

直挨到夜中九時，煙囪旁邊的橫床上，又來了一位女客，還帶著一個小女兒。屋裡更加緊張擁擠了，我坐了起來，攏一攏頭髮，告訴藻：「你走罷，我也要睡一歇，這屋裡實在沒有轉身之地了！」因著早晨他說要坐三等車回北平去，又再三的囑咐他：「天氣冷，三等車上沒有汽爐，還是不坐好。和我同甘苦，並不在於這情感用事上面！」他答應了我，便從萬聲雜沓之中擠出去了。

——到滬後，得他的來信說：「對不起你，我畢竟是坐了三等車。試想我看著你那樣走的，我還有什麼心腸求舒適？即此，我還覺得未曾分你的辛苦於萬一！更有一件可喜的事，我將剩下的車費在市場的舊書攤上，買了幾本書了」——這幾天的海行，窗外只看見唐沽的碎裂的冰塊，和大海的洪濤。人氣蒸得模糊的窗眼之內，只聽得人們的嘔吐。飯廳上，茶房連疊聲叫「吃飯咧！」以及海客的談時事聲，涕唾聲。這一百多鐘頭之中，我已置心身於度外，不飲不食，只求能睡，並不敢想到母親的病狀。睡不著的時候，只瞑目遐思夏日蜜月旅行中之西湖莫乾山的微藍的水，深翠的竹，以求超過眼前的地獄景況於萬一！

二十二日下午，船緩緩的開進吳淞口，我趕忙起來梳頭著衣，早早的把行裝收拾好。上海仍是陰天！我推測著數小時到家後可能的景況，心靈上只有戰慄，只有祈禱！江上的風吹得蕭蕭的，寒星般的萬船樓頭的燈火，照映在黃昏的深黑的水上，畫出彎顫的長紋。晚六時，船才緩緩的停在浦東。

我又失望，又害怕，孤身旅行，這還是第一次。這些腳夫和接水，我連和他們說話的膽量都沒有，只把門緊緊的關住，等候家裡的人來接。直等到七時半，客人們都已散盡，連茶房都要下船去了。無可奈何，才開門叫住了一個中國旅行社的接客，請他照應我過江。我坐在顛簸的擺渡上，在水影燈光中，只覺得不時搖過了黑而高大的船舷下，又越過了幾隻橫渡的白篷帶號碼的小船。在料峭的寒風之中，淋漓精濕的石階上，踏上了外灘。大街樓頂廣告上的電燈聯成的字，仍舊追逐閃爍著，電車仍舊是隆隆不絕的往來的走著。我又已到了上海！萬分昏亂的登上旅行社運箱子的汽車，連人帶箱子從幾個又似迅速又似疲緩的轉彎中，便到了家門口。

按了鈴，元來開門。我頭一句話，是「太太好了麼？」他說：「好一點了。」我顧不得說別的，便一直往樓上走。父親站在樓梯的旁邊接我。走進母親屋裡，華坐在母親床邊，看見我站了起來。小菊倚在華的膝旁，含羞的水汪汪的眼睛直望著我。我也顧不得抱她，我俯下身去，叫了聲「好！」看母親時，真病得不成樣子了！所謂「骨瘦如柴」者，我今天才理會得！比較兩月之前，她彷彿又老了二十歲。額上似乎也黑了。氣息微弱到連話也不能說一句，只用悲喜的無主的眼光看著我父親告訴我電報早接到了。涵帶著苑從下午五時便到碼頭去了，不知為何沒有接著。這時小菊在華的推挽裡，撲到我懷中來，叫了一聲「姑姑」。小臉比從前豐滿多了，我抱起她來，一同伏到母親的被上。這時我的眼淚再也止不住了，趕緊回頭走到飯廳去。

涵不久也回來了，臉凍得通紅——我這時方覺得自己的腿腳，也是冰塊一般的僵冷。——據說是在外灘等到七時。急得不耐煩，進到船公司去問，公司中人待答不理的說：「不知船停在哪裡，也許是沒有到罷！」他只得轉了回來。

飯桌上大家都默然。我略述這次旅行的經過，父親凝神看著我，似乎有無限的過意不去。華對我說發電叫我以後，才告訴母親的，只說是我自己要來。母親不言語，過一會子說：

「可憐的，她在船上也許時刻提心弔膽的想到自己已是沒娘的孩子了！」

飯後涵華夫婦回到自己的屋裡去。我同父親坐在母親的床前。母親半閉著眼，我輕輕的替她拍撫著。父親悄聲的問：

「你看母親怎樣？」我不言語，父親也默然，片晌，嘆口氣說：「我也看著不好，所以打電報叫你，我真覺得四無依傍——我的心都碎了。」

此後的半個月，都是侍疾的光陰了。不但日子不記得，連晝夜都分不清楚了！一片相連的是母親仰臥的瘦極的睡容，清醒時低弱的語聲和憔悴的微笑，窗外的陰鬱的天，壁爐中發爆的煤火，淒絕靜絕的半夜爐台上滴答的鐘聲，黎明時四壁黯然的灰色，早晨開窗小立時鎊鎊的朝霧！在這些和淚的事實之中，我如同一個無告的孤兒，獨自赤足拖踏過這萬重的火焰！

在這一片昏亂迷糊之中，我只記得侍疾的頭幾天，我是每天晚上八點就睡，十二點起來，直至天明。起來的時候，總是很冷。涵和華摩挲著憂愁的倦眼，和我交替，我站在壁爐邊穿衣裳，母親慢慢的倒過頭來說：「你的衣服太單薄了，不如穿上我的黑駱駝絨袍子，省得凍著！」我答應了，她又說：「我去年頭一次見藻，還是穿那件袍子呢。」

她每夜四時左右，總要出一次冷汗，出了汗就額上冰冷。

在那時候，總要喝南棗北麥湯，據說是止汗滋補的。我恐她受涼，又替她縫了一塊長方的白絨布，輕輕的圍在額上。母親閉著眼微微的笑說：「我像觀世音了。」我也笑說：「也像聖母呢！」

因著骨痛的關係，她躺在床上，總是不能轉側。她瘦得只剩一把骨了，褥子嫌太薄，被又嫌太重。所以褥子底下，墊著許多棉花枕頭，鴨絨被等，上面只蓋著一層薄薄的絲綿被頭。她只仰著臉在半靠半臥的姿勢之下，過了我和她相親的半個月。可憐的病弱的母親！夜深人靜，我偎臥在她的枕旁。若是她精神較好，就和我款款的談話，語音輕得似天半飄來，在半朦朧半追憶的神態之中，我看她的石像似的臉，我的心緒和眼淚都如潮湧上。

她談著她婚後的暌離和甜蜜的生活，談到幼年失母的苦況，最後便提到她的病。她說：「我自小千災百病的，你父親常說：『你自幼至今吃的藥，總集起來，夠開一間藥房的了。』真是我萬想不到，我會活到六十歲！男婚女嫁，大事都完了。人家說，『久病床前無孝子，我這次病了五個月，你們真是心力交瘁！我對於我的女兒，兒子，媳婦，沒有一毫的不滿意。我只求我快快的好了，再享兩年你們的福』我們心力交瘁，能報母親的恩慈於萬一麼？母親這種過分愛憐的話語，使聽者傷心得骨髓都碎了！

如天之福，母親臨終的病，並不是兩月前的骨痛。可是她的老病「胃痛」和「咳嗽」又回來了。在每半小時—吃東西之外，還不住的要服藥，如「胃活」「止咳丸」之類，而且服量要每次加多。我們知道這些藥品都含有多量的麻醉性的，起先總是竭力阻止她多用。幾天以後，為著她的不能支持的痛苦，又漸漸的知道她的病是沒有痊癒的希望，只得咬著牙，忍著心腸，順著她的意思，狂下這種猛劑，節節的暫時解除她突然襲擊的苦惱。

此後她的精神愈加昏弱了，日夜在半醒不醒之間。卻因著咳嗽和胃痛，不能睡得沉穩，總得由涵用手用力的替她揉著，並且用半催眠的方法，使她入睡。十二月二十四夜，是基督降生之夜。我伏在母親的床前，終夜在祈禱的狀態之中！

在人力窮盡的時候，宗教的倚天祈命的高潮，淹沒了我的全意識。我覺得我的心香一縷勃勃上騰，似乎是哀求聖母，體恤到嬰兒愛母的深情，而賜予我以相當的安慰。那夜街上的歡呼聲，爆竹聲不停。隔窗看見我們外國鄰人的燈彩輝煌的聖誕樹，孩子們快樂的歌唱跳躍，在我眼淚模糊之中，這些都是針針的痛刺！

半夜裡父親低聲和我說：「我看你母親的身後一切該預備了。舊式的種種規矩，我都不懂。而且我看也沒有盲從的必要。關於安葬呢——你想還回到故鄉去麼？山遙水隔的，你們輕易回不去，年深月久，倒荒涼了，是不是？不過這須探問你母親的意思。」我說：「父親說出這話來，是最好不過的了。本來這些迷信禁忌的辦法，我們所以有時曲從，都是不忍過拂老人家的意思。如今父親既不在乎這些，母親又是個最新不過的人。縱使一切犯忌都有後驗，只要母親身後的事能舒舒服服的辦過去，千災五毒，都臨到我們四個姊弟身上，我們也是甘心情願的！」

第二天，我們便託了一位親戚到萬國殯儀館接洽一切。鋼棺也是父親和我親自選定的。這些以後在我寄藻和傑的信中，都說得很詳細。——這樣又過了幾天。母親有時稍好，微笑的躺著。小菊爬到枕邊，捧著母親的臉叫「奶奶」。華和我坐在床前，談到秋天母親骨痛的時候，有時躺在床上休息，有時坐在廊前大椅上晒太陽，旁邊几上總是供著一大瓶菊花。母親說：「是的，花朵兒是越看越鮮，永遠不使人厭倦的。病中陽光從窗外進來，照在花上，我心裡便非常的歡暢！」母親這種愛好天然的性情，在最深的病苦中，仍是不改。她的骨痛，是由指而臂，而臂背，而膝骨，漸漸下降，全身僵痛，日夜如在桎梏之中，偶一轉側，都痛徹心腑。假如我是她，我要痛哭，我要狂呼，我要咒詛一切，棄擲一切。而我的最可敬愛的母親，對於病中的種種，仍是一種的接受，一樣的溫存。對於兒女，沒有一句性急的話語；對於奴僕，卻更加一倍的體恤慈憐。對於這些無情的自然，如陽光，如花卉，在她的病的靜息中，也加倍的溫煦馨香。這是上天賜予，惟有她配接受享用的一段恩福！

我們知道母親決不能過舊曆的新年了，便想把陽曆的新年，大大的點綴一下。一清早起來，先把小菊打扮了，穿上大紅緞子棉袍，抱到床前，說給奶奶拜年。桌上擺上兩盤大福桔，爐台窗台上的水仙花管，都用紅紙條束起。又買了十幾盞小紅紗燈，掛在床角上，爐台旁，電燈下。我們自己也略略的妝扮了，——我那時已經有十天沒有鏡梳掠了！我覺得平常過年，我們還沒有這樣的起勁！到了黃昏我將十幾盞紗燈點起掛好之後，我的眼淚，便不知是從哪裡來的，一直流個不斷了！

有誰經過這種的痛苦？你的最愛的人，抱著最苦惱的病，要在最短的時間內從你的腕上臂中消逝；同時你要伴歡詭笑的在旁邊伴著，守著，聽著，看著，一分一秒的愛惜恐懼著這同在的光陰！這樣的生活，能使青年人老，老年人死，在天堂上的人，下了地獄！世間有這樣痛苦的人呵，你們都有了我的最深極厚的同情！

裁縫來了，要裁做母親裝裹的衣裳。我悄悄的把他帶到三層樓上。母親平時對於穿著，是一點不肯含糊的。好的時候遇有出門，總是把要穿的衣服，比了又比，看了又看，熨了又熨。所以這次我對於母親壽衣的材料，顏色，式樣，尺寸，都不厭其詳的叮嚀囑咐了。告訴他都要和好人的衣裳一樣的做法，若含糊了要重做的。至於外面的袍料，帽子，襪子，手套等，都是我偷出睡覺的時間來，自己去買的。那天上海冷極，全市如冰。而我的心靈，更有萬倍的僵凍！

回來脫了外衣，走到母親跟前。她今天又略好了些，問我：「睡足了麼？」我笑說：「睡足了。」因又談起父親的生日——陽曆一月三日，陰曆十二月四日——快到了。父親是在自己生日那天結婚的。因著母親病了，父親曾說過不做生日，而父母親結婚四十年的紀念，我們卻不能不慶祝。這時父親，涵，華等都在床前，大家湊趣談笑，我們便故作嬌痴的伴問母親做新娘時的光景。母親也笑著，眼裡似乎閃爍著青春的光輝。她告訴我們結婚的儀式，贈嫁的妝奩，以及佳禮那天怎樣的被花冠壓得頭痛。我們都笑了。爬在枕邊的小菊看見大家笑，也莫名其妙的大聲嬌笑。這時，眼前一切的悲懷，似乎都忘卻了。

第二天晚上為父親暖壽。這天母親又不好，她自己對我說：「我這病恐怕不能好了。我從前看彈詞，每到了臨危的時候總是說『一日輕來一日重，一日添症八九分』。便是我此時的景象了。」我們都忙笑著解釋，說是天氣的關係，今天又冷了些。母親不言語。但她的咳嗽，愈見艱難了，吐一口痰，都得有人使勁的替她按住胸口。胃痛也更劇烈了，每次痛起，面色慘變。——晚上，給父親拜壽的子侄輩都來了。涵和華忙著在樓下張羅。我仍舊守在母親旁邊。母親不住的催我，快攏攏頭，換換衣服，下樓去給父親拜壽。我含著淚答應了。草草的收拾畢，下得樓來，只看見壽堂上紅燭輝煌，父親坐在上面，右邊並排放著一張空椅子。我一跪下，眼淚突然的止不住了，一翻身趕緊就上樓去，大家都默然相視無語。

夜裡母親忽然對我提起她自己兒時侍疾的事了：「你比我有福多了，我十四歲便沒了母親！你外祖母是癆病，那年從九月九臥床，就沒有起來。到了臘八就去世了。病中都是你舅舅和我輪流伺候著。我那時還小，只記得你外祖母半夜咽了氣，你外祖父便叫老媽子把我背到前院你叔祖母那邊去了。從那時起，我便是沒娘的孩子了。」她嘆了一口氣，「臘八又快到了。」我那時真不知說什麼好。母親又說：「傑還不回來——算命的說我只有兩孩子送終，有你和涵在這裡，我也滿意了。」

父親也坐在一邊，慢慢的引她談到生死，談到故鄉的塋地。父親說：「平常我們所說的『狐死首丘』，其實也不是。」母親便接著說：「其實人死了，只剩一個軀殼，丟在哪裡都是一樣。何必一定要千山萬水的運回去，將來餬口四方的子孫們也照應不著。」

現在回想，那時母親對於自己的病勢，似乎還模糊，而我們則已經默曉了，在輪替休息的時間內，背著母親，總是以眼淚洗面。我知道我的枕頭永遠是濕的。到了時候，走到母親面前，卻又強笑著，談些不要緊的寬慰的話。涵從小是個渾化的人，往常母親病著，他並不會怎樣的小心伏侍。這次他卻使我有無限的驚奇！他靜默得像醫生，體貼得像保姆。

我在旁靜守著，看他餵橘汁，按摩，那樣子不像兒子伏侍母親，竟像父親調護女兒！他常對我說：「病人最可憐，像小孩子，有話說不出來。」說著眼眶便紅了。

這使我如何想到其餘的兩個弟弟！傑是夏天便到唐沽工廠實習去了。母親的病態，他算是一點沒有看見。楫是十一月中旬走的。海上漂流，明年此日，也不見得會回來。母親對於楫，似乎知道是見不著了，並沒有怎樣的念道他。卻常常的問起傑：「年假快到了，他該回來了罷？」一天總問起三四次，到了末幾天，她說：「他知道我病，不該不早回！做母親的一生一世的事，」我默然，母親哪裡知道可憐的傑，對於母親的病還一切蒙在鼓裡呢！

十二月三十一夜，除夕。母親自己知道不好，心裡似乎很著急，一天對我說了好幾次：「到底請個大醫生來看一看，是好是壞，也叫大家定定心。」其實那時隔一兩天，總有醫生來診。照樣的打補針，開止咳的藥，母親似乎膩煩了。我們立刻商量去請V大夫，他是上海最有名的德國醫生，秋天也替她看過的。到了黃昏，大夫來了。我接了進來，他還認得我們，點首微笑。替母親聽聽肺部，又慢慢的扶她躺下，便走到桌前。我顫聲的問：「怎麼樣？」他回頭看了看母親，「病人懂得英文麼？」我搖一搖頭，那時心膽已裂！他低聲說：「沒有希望了，現時只圖她平靜的度過最後的幾天罷了！」

本來是我們意識中極明了的事，卻經大夫一說破，便似乎全幕揭開了。一場悲慘的現象，都跳躍了出來！送出大夫，在甬道上，華和我都哭了，卻又趕緊的彼此解勸說：「別把眼睛哭紅了，回頭母親看出，又惹她害怕傷心。」我們拭了眼淚，整頓起笑容，走進屋裡，到母親床前說：「醫生說不妨事的，只要能安心靜息，多吃東西，精神健朗起來，就慢慢的會好了。」母親點一點頭。我們又說：「今夜是除夕，明天過新曆年了，大家守歲罷。」

領略人生，可是一件容易事？我曾說過種種無知，痴愚，狂妄的話語，我說：

「我願遍嘗人生中的各趣，人生中的各趣，我都願遍嘗。」又說：「領略人生，要如滾針氈，用血肉之軀，去遍挨遍嘗，要它針針見血。」又說：「哀樂悲歡，不盡其致時，看不出生命之神秘與偉大。」其實所謂之「神秘」「偉大」，都是未經者理想企望的言詞，過來人自欺解嘲的話語！

我寧可做一個麻木，白痴，渾噩的人，一生在安樂，卑怯，依賴的環境中過活。我不願知神秘，也不必求偉大！

話雖如此，而人生之逼臨，如狂風驟雨。除了低頭閉目戰慄承受之外，沒有半分方法。待到雨過天青，已另是一個世界。地上只有衰草，只有落葉，只有曾經風雨的凋零的軀殼與心靈。霎時前的濃郁的春光，已成隔世！那時你反要自詫！你曾有何福德，能享受了從前種種怡然暢然，無識無憂的生活！

我再不要領略人生，也更不領略如十九年一月一日之後的人生！那種心靈上慘痛，臉上含笑的生活，曾碾我成微塵，絞我為液汁。假如我能為力，當自此斬情絕愛，以求免重過這種的生活，重受這種的苦惱！但這又有誰知道！

一月三日，是父親的正壽日。早上便由我自到市上，買了些零吃的東西，如菓品，點心，熏魚，燒鴨之類。因為我們知道今晚的筵席，只為的是母親一人。吃起整桌的菜來，是要使她勞乏的。到了晚上，我們將紅燈一齊點起；在她床前，擺下一個小圓桌；桌上滿滿的分布著小碟小盤；一家子團團的坐下。把父親推坐在母親的旁邊，笑說：「新娘來了。」父親笑著，母親也笑了！她只嘗了一點菜，便搖頭叫「撤去罷，你們到前屋去痛快的吃，讓我歇一歇。」我們便把父親留下，自己到前頭匆匆的胡亂的用了飯。到我回來，看見父親倚在枕邊，母親蒙蒙卑卑的似乎睡著了。父親眼裡滿了淚！我知道他覺得四十年的春光，不堪回首了！

如此過了兩夜。母親的痛苦，又無限量的增加了。肺部狂熱，無論多冷，被總是褪在胸下；爐火的火焰，也隔絕不使照在臉上（這總使我想到《小青傳》中之「痰灼肺然，見粒而嘔」兩語），每一轉動，都喘息得接不過氣來。大家的恐怖心裡，也無限量的緊張了。我只記得我日夜口裡只誦祝著一句祈禱的話，是：「上帝接引這純潔的靈魂！」這時我反不願看母親多延日月了，只求她能恬靜平安的解脫了去！到了夜半，我仍半跪半坐的伏在她床前，她看著我喘息著說：「辛苦你了，等我的事情過去了，你好好的睡幾夜，便回到北平去，那時什麼事都完了。」母親把這件大事說得如此平凡，如此穩靜！我每次回想，只有這幾句話最動我心！那時候我也不敢答應，喉頭已被哽咽塞住了！

張媽在旁邊，撫慰著我。母親似乎又入睡了。張媽坐在小凳上，悄聲的和我談話，她說：「太太永遠是這樣疼人的！秋天養病的時候，夜裡總是看通宵的書，叫我只管睡去。半夜起來，也不肯叫我。說：『您可別這樣自己掙扎，回頭摔著不是玩的。』她也不聽。她到天亮才能睡著。到了少奶奶抱著菊姑娘過來，才又醒起。」

談到母親看的書，真是比我們家裡什麼人看的都多。從小說，彈詞，到雜誌，報紙，新的，舊的，創作的，譯述的，她都愛看。平常好的時候，天天夜裡，不是做活計，就是看書，總到十一二點才睡。晨興絕早，梳洗完畢，刀尺和書，又上手了。她的針線匣裡，總是有書的。她看完又喜歡和我們談論，新穎的見解，總使我們驚奇。有許多新名詞，我們還是先從她口中聽到的，如「普羅文學」之類。我常默然自慚，覺得我們在新思想上反像個遺少，做了落伍者！

一月五夜，父親在母親床前。我睏倦已極，側臥在父親床上打盹，被母親呻吟聲驚醒，似乎母親和父親大聲爭執。我趕緊起來，只聽見母親說：『你行行好罷，把安眠藥遞給我，我實在不願意再俄延了！』那時母親輾轉呻吟，面紅氣喘。我知道她的痛苦，已達極點！她早就告訴過我，當她骨痛的時候，曾私自寫下安眠藥名，藏在袋裡，想到了痛苦至極的時候，悄悄的叫人買了，全行服下，以求解脫——這時我急忙走到她面前，萬般的勸說哀求。她搖頭不理我，只看著父親。

父親呆站了一會，回身取了藥瓶來，倒了兩丸，放在她嘴裡。

她連連使勁搖頭，喘息著說：「你也真是，又不是今後就見不著了！」這句話如同興奮劑似的，父親眉頭一皺，那慘肅的神字，使我起栗。他猛然轉身，又放了幾粒藥丸在她嘴裡。我神魂俱失，飛也似的過去攀住父親的臂兒，已來不及了！母親已經吞下藥，閉上口，垂目低頭，彷彿要睡。父親頹然坐下，頭枕在她肩旁，淚下如雨。我跪在床邊，欲呼無聲，只緊緊的牽著父親的手，凝望著母親的睡臉。四周慘默，只有時鐘滴答的聲音。那時是夜中三點，我和父親戰慄著相倚至晨四時。母親睡容慘澹，呼吸漸漸急促，不時的乾咳，仍似日間那種咳不出來的光景，兩臂向空抱捉。我急忙悄悄的去喚醒華和涵，他們一齊驚起，睡眼蒙鬨的走到床前，看見這景象，都急得哭了。華便立刻要去請大夫，要解藥，父親含淚搖頭。涵過去抱著母親，替她撫著胸口。我和華各抱著她一隻手，不住的在她耳邊輕輕的喚著。母親如同失了知覺似的，垂頭不答。在這種狀態之下，延至早晨九時。直到小菊醒了，我們抱她過來坐在母親床上，教她抱著母親的頭，搖撼著頻頻的喚著「奶奶」。她喚了有幾十聲，在她將要急哭了的時候，母親的眼皮，微微一動。我們都躍然驚喜，圍攏了來，將母親輕輕的扶起。母親仍是蒙蒙卑卑的，只眼皮不時的動著。在這種狀態之下，又延至下午四時。這一天的工夫，我們也沒有梳洗，也不飲食，只圍在床前，懸空掛著恐怖希望的心！這一天比十年還要長，一家裡連雀鳥都住了聲息！

四時以後母親才半睜開眼，長呻了一聲，說「我要死了！」

她如同從濃睡中醒來一般，抬眼四下裡望著。對於她服安眠藥一事，似乎全不知道。我上前抱著母親，說「母親睡得好罷？」母親點點頭，說「餓了！」大家趕緊將久燉在爐上的雞露端來，一匙一匙的送在她嘴裡。她喝完了又閉上眼休息著。

我們才歡喜的放下心來，那時才覺得飢餓，便輪流去吃飯。

那夜我倚在母親枕邊，同母親談了一夜的話。這便是三十年來末一次的談話了！我說的話多，母親大半是聽著。那時母親已經記起了服藥的事，我款款的說：「以後無論怎樣，不能再起這個服藥的念頭了！母親那種咳不出來，兩手抓空的光景，別人看著，難過不忍得肝腸都斷了。涵弟直哭著說：『可憐母親不知是要誰？有多少話說不出來！』連小菊也都急哭了。」母親聽著，半晌說：「我自己一點不覺得痛苦，只如同睡了一場大覺。」

那夜，輕柔得像湖水，隱約得像煙霧。紅燈放著溫暖的光。父親倦乏之餘，睡得十分甜美。母親精神似乎又好，又是微笑的聖母般的瘦白的臉。如同母親死去復生一般，喜樂充滿了我的四肢。我說了無數的憨痴的話：我說著我們歡樂的過去，完全的現在，繁衍的將來，在母親迷糊的想像之中，我建起了七寶莊嚴之樓閣。母親喜悅的聽著，不時的參加兩句。到此我要時光倒流，我要詛咒一切，一逝不返的天色已漸漸的大明了！

一月七日，母親的痛苦已到了終極了！她厲聲的拒絕一切飲食。我們從來不曾看見過母親這樣的聲色，覺得又害怕，又膽怯，只好慢慢輕輕的勸說。她總是閉目搖頭不理，只說：「放我去罷，叫我多捱這幾天痛苦做甚麼！」父親驚醒了，起來勸說也無效。大家只能圍站在床前，看著她苦痛的顏色，聽著她悲慘的呻吟！到了下午，她神志漸漸昏迷，呻吟的聲音也漸漸微弱。醫生來看過，打了一次安眠止痛的針。又撥開她的眼瞼，用手電燈照了照，她的眼光已似乎散了！

這時我如同痴了似的，一下午只兩手抱頭，坐在爐前，不言不動，也不到母親跟前去。只涵和華兩個互相依傍的，戰慄的，在床邊坐著。涵不住的剝著橘子，放在母親嘴裡，母親閉著眼都吸咽了下去。到了夜九時，母親臉色更慘白了。頭搖了幾搖，呼吸漸漸急促。涵連忙喚著父親。父親跪在床前，抱著母親在腕上。這時我才從爐旁慢慢回過頭來，淚眼模糊裡，看見母親鼻子兩邊的肌肉，重重的抽縮了幾下，便不動了。我突然站起過去，抱住母親的臉，覺得她鼻尖已經冰涼。涵俯身將他的銀錶，輕輕的放在母親鼻上，戰兢的拿起一看，錶殼上已沒有了水氣。母親呼吸已經停止了。他突然回身，兩臂抱著頭大哭起來。那時正是一月七夜九時四十五分。我們從此是無母之人了，嗚呼痛哉！

關於這以後的事，我在一月十一晨寄給藻和傑的信中，說的很詳細，照錄如下：

親愛的傑和藻：

我在再四思維之後，才來和你們報告這極不幸極悲痛的訊息。就是我們親愛的母親，已於正月七夜與這苦惱的世界長辭了！她並沒有多大的痛苦，只如同一架極玲瓏的機器，走的日子多了，漸漸停止。她死去時是那樣的柔和，那樣的安靜。那快樂的笑容，使我們竟不敢大聲的哭泣，彷彿恐怕驚醒她一般。

那時候是夜中九時四十五分。那日是陰曆臘八，也正是我們的外祖母，她自己親愛的母親，四十六年前高世之日！

至於身後的事呢，是你們所想不到的那樣莊嚴，清貴，簡單。當母親病重的時候，我們已和上海萬國殯儀館接洽清楚，在那裡預備了一具美國的鋼棺。外面是銀色凸花的，內層有整塊的玻璃蓋子，白綾捏花的裡子。至於衣衾鞋帽一切，都是我去備辦的，件數不多，卻和生人一般的齊整講究。

經過是這樣：在母親辭世的第二天早晨，萬國殯儀館便來一輛汽車，如同接送病人的臥車一般，將遺體運到館中。我們一家子也跟了去。當我們在休息室中等候的時候，他們在樓下用藥水灌洗母親的身體。下午二時已收拾清楚，安放在一間紫色的屋子裡，用花圈繞上，旁邊點上一點白燭。我們進去時，肅然的連眼淚都沒有了！

堂中莊嚴，如入寺殿。母親安穩的仰臥在矮長榻之上，深棕色的錦被之下，臉上似乎由他們略用些美容術，覺得比尋常還好看。我們俯下去偎著母親的臉，只覺冷徹心腑，如同石膏製成的慈像一般！我們開了門，親友們上前行禮之後，便輕輕將母親舉起，又安穩裝入棺內，放在白綾簇花的枕頭上，齊肩罩上一床紅緞繡花的被，蓋上玻璃蓋子。棺前仍舊點著一對高高的白燭。紫絨的桌罩下，立著一個銀十字架。母親慈愛純潔的靈魂，長久依傍在上帝的旁邊了！

五點多鐘諸事已畢。計自逝世至入殮，才用十七點鐘。一切都靜默，都莊嚴，正合母親的身分。客人散盡，我們回家來，家裡已灑掃清楚。我們穿上灰衫，繫上白帶，為母親守孝。家裡也沒有靈位。只等母親放大的相片送來後，便供上鮮花和母親愛吃的果子，有時也焚上香。此外每天早晨合家都到殯儀館，圍立在棺外，隔著玻璃蓋子，瞻仰母親如睡的慈顏！

這次辦的事，大家親友都贊成，都豔羨，以為是沒有半分糜費。我們想母親在天之靈一定會喜歡的。異地各戚友都已用電報通知。楫弟那裡，因為他遠在海外，環境不知怎樣，萬一他若悲傷過度，無人勸解，可以暫緩告訴。至於傑弟，因為你病，大考又在即，我們想來想去，終以為恐怕這訊息是終久瞞不住的，倘然等你回家以後，再突然告訴，恐怕那時突然的悲痛和失望，更是難堪。傑弟又是極懂事極明白的人。你是母親一塊肉，愛惜自己，就是愛母親。在考試的時候，要鎮定，就凡事就序，把書考完再回來，你別忘了你仍舊是能看見母親的！

我們因為等你，定二月二日開弔，三日出殯。那萬國公墓是在虹橋路。草樹蔥蘢，地方清曠，同公園一般。

上海又是中途，無論我們下南上北，或是到國外去，都是必經之路，可以隨時參拜，比回老家去好多了。

藻呢，父親和我都十二分希望你還能來。母親病時曾說：「我的女婿，不知我還能見著他否？」你如能來，還可以見一見母親。父親又愛你，在悲痛中有你在，是個慰安。不過我顧念到你的經濟問題，一切由你自己斟酌。

這事的始末是如此了，涵仍在家裡，等出殯後再上南京。我們大概是都上北平去，為的是父親離我們近些，可以照應。傑弟要辦的事很多，千萬要愛惜精神，遏抑感情，儲蓄力量。這方是孝。你看我寫這信時何等安靜，穩定？傑弟是極有主見的人，也當如此，是不是？

此信請留下，將來寄楫！

永遠愛你們的冰心

正月十一晨我這封信雖然寫的很鎮定，而實際上感情的掀動，並不是如此！一月七夜九時四十五分以後，在茫然昏然之中，涵，華和我都很早就寢，似乎積勞成倦，睡得都很熟。只有父親和幾個表兄弟在守著母親的遺體。第二天早起，大家亂烘烘的從三層樓上，取下預備好了的白衫，穿罷相顧，不禁失聲！

下得樓來，又看見飯廳桌上，擺著廚師父從早市帶來的一筐蜜橘——是我們昨天黃昏，在廚師父回家時，吩咐他買回給母親吃的。才有多少時候？蜜橘買來，母親已經去了！

小菊穿著白衣，繫著白帶，白鞋白襪，戴著小藍呢白邊帽子，有說不出的飄逸和可愛。在殯儀館大家沒有工夫顧到她，她自在母親榻旁，摘著花圈上的花朵玩耍。等到黃昏事畢回來，上了樓，盡了梯級，正在大家彷徨無主，不知往哪裡走，不知說什麼好的時候，她忽然大哭說：「找奶奶，找奶奶。奶奶哪裡去了？怎麼不回來！」抱著她的張媽，忍不住先哭了，我們都不由自主的號啕大哭起來。

吃過晚飯，父親很早就睡下了。涵，華和我在父親床前爐邊，默然的對坐。只見爐台上時鐘的長針，在淒清的滴答聲中，徐徐移動。在這針徐徐的將指到九點四十分的時候，涵突然站起，將鐘擺停了，說「姊姊，我們睡罷！」他頭也不回，便走了出去。華和我望著他的背影，又不禁滾下淚來。九時四十五分！又豈只是他一個人，不忍再看見這爐台上的鐘，再走到九時四十五分！

天未明我就忽然醒了，聽見父親在床上轉側。從前窗下母親的床位，今天從那裡透進微明來，那個床沒有了，這屋裡是無邊的空虛，空虛，千愁萬緒，都從曉枕上提起。思前想後，似乎世界上一切都臨到盡頭了！

在那幾天內，除了幾封報喪的信之外，關於母親，我並沒有寫下半個字。雖然有人勸我寫哀啟，我以為不但是「語無倫次」之中，不能寫出什麼來，而且「先慈體素弱」一類的文字，又豈能表現母親的人格於萬一？母親的聰明正直，慈愛溫柔，從她做孫女兒起，至做祖母止，在她四圍的人對她的疼憐，眷戀，愛戴，這些情感，在我知識內外的，在人人心中都是篇篇不同的文字了。受過母親調理，栽培的兄姊弟侄，個個都能寫出一篇最真摯最沉痛的哀啟。我又何必來敷衍一段，使他們看了覺得不完全不滿意的東西？

雖然沒有寫哀啟，我卻在父親下淚擱筆之後，替他湊成一副輓聯。我覺得那卻是字字真誠，能表現那時一家的情感！

聯語是：

死別生離，兒輩傷心失慈母。

晚近方知我老，四十載春光頓歇，那忍看稚孫弱媳，承歡強笑，舉家和淚過新年。

在那幾天內，除了每天清晨，一家子從寓所走到殯儀館參謁母親的遺容之外，我們都不出門。從殯儀館歸來，照例是陰天。進了屋子，剛擦過的地板，剛旺上來的爐火——脫了外面的衣服，在爐邊一坐，大家都覺得此心茫茫然無處安放！我那幾天的日課，是早晨看書，做活計。下午多有戚友來看，談些時事，一天也就過去。到了夜裡，不是呆坐，就是寫信。夜中的心情，現在追憶已模糊了，為寫這篇文章，檢出舊信，覺得還可以尋跡：

藻：

真想不到現在才能給你寫這封長信。藻，我從此是沒有娘的孩子了！這十幾天的辛苦，失眠，落到這麼一個結果。我的悲痛，我的傷心，豈是千言萬語所說得盡？

前日打起精神，給你和傑弟寫那一封慰函，也算是肝腸寸斷。這兩天家中倒是很安靜，可是更顯出無邊的空虛，孤寂。我在父親屋中，和他作伴。白天也不敢睡，怕他因寂寞而傷心，其實我躺下也睡不著。中夜驚醒，尤為難過，——摘錄一月十三信母親死後的光陰真非人過的！就拿今晚來說，父親出門訪友去了；涵和華在他們屋裡；我自己孤零零的坐在母親屋內。四周只有悲哀，只有寂寞，只有淒涼。連爐炭爆發的聲音，都予我以辛酸的聯憶。這種一人獨在的時光，我已過了好幾次了，我真怕，徹骨的怕，怎麼好？

因著母親之死，我始驚覺於人生之極短。生前如不把溫柔嘗盡，死後就無從追討了。我對於生命的前途，並沒有一點別的願望，只願這情愛之杯，我要滿滿的斟，滿滿的飲。人生何等的短促，何等的無定，何等的虛空呵！

千言萬語仍回到一句話來，人生本質是痛苦，痛苦之源，乃是愛情過重。但是我們仍不能不飲鴆止渴，仍從生痛苦之愛情中求慰安。何等的痴愚呵，何等的矛盾呵！

寫信的地方，正是母親生前安床之處。我愈寫愈難過了，愈寫愈糊塗了。若再寫下去，我連氣息也要窒住了！——摘錄一月十八夜信一月二十六夜，因為傑弟明天到家，我時時驚躍，終夜不寐，想到這可憐的孩子，在風雪中歸來，這一路哀思痛哭的光景，使我在想像中，心膽俱碎！二十七日下午，報告船到。涵驅車往接，我們提心弔膽的坐候著，將近黃昏，聽得門外車響，大家都突然失色。華一轉身便走回她屋裡。接著樓梯也響著。涵先上來，一低頭連忙走入他屋裡去了。後面是傑，笑容滿面，脫下帽子在手裡，奔了進來。一聲叫「媽」，我迎著他，忍不住哭了起來。他突然站住呆住了！那時驚痛駭疾的慘狀，我這時追思，一枝禿筆，真不能描寫於萬一！雷掣電挈一般，他垂下頭便倒在地上，雙手抱住父親的腿，猛咽得閉過氣去。緩了一緩，他才哭喊了出來，說：「你們為什麼不早告訴我！你們為什麼不早告訴我！」這時一片哭聲之中涵和華也從他們屋裡哭著過來。父親拉著傑，淚流滿面。婢僕們漸漸進來，慢慢的勸住，大家停了淚。傑立刻便要到殯儀館去，看看母親的遺南谷。父親和涵便帶了他去。回來問起母親病中情狀，又重新哭泣。在這幾天內，傑從滿懷的希望與快樂中，驟然下墮。他失魂落魄似的，一天哭好幾次。我們只有勉強勸慰。幸而他有主見，在昏迷之中，還能支拄，我才放下了心。

二月二日開弔。禮畢，涵因有緊急的公事，當晚就回到南京去了。母親曾說命裡只有兩個孩子送她，如今送葬又只剩我和傑了。在涵未走之前，我們大家聚議，說下葬之後，我們再看不見母親了，應該有些東西殉葬，只當是我們自己永遠隨侍一般。我們隨各剪下一縷頭髮，連父親和小菊的，都裝在一個小白信封裡。此外我自己還放入我頭一次剃下來的胎髮（是母親珍重的用紅線束起收存起來的）以及一把「斐托斐」（PhiTauPhi）名譽學位的金鑰匙。這鑰匙是我在大學畢業時得到的，只有這個，是我自己以母親栽培我的學力得來的。我願意以此寄託我的堅逾金石的愛感的心，在我未死之前，先隨侍母親於九泉之下！

二月三日，下午二時，我們一家收拾了都到殯儀館。送葬的親朋，也陸續的來了。我將昨夜封好了的白信封兒，用別針別在棺蓋裡子的白綾花上。父親俯在玻璃蓋上，又痛痛的哭了一場。我們扶起父親，拭去了蓋上的眼淚，珍重的將棺蓋掩上。自此我們再無從瞻仰母親的柔靜慈愛的睡容了！

父親和傑及幾個伯叔弟兄，輕輕的將鋼棺抬起，出到門外，輕輕的推進一輛堆滿花圈的汽車裡。我們自己以及諸親友，隨後也都上了汽車，從殯儀館徐徐開行。路上天陰欲雨，我緊握著父親的手，心頭一痛，吐出一口血來。父親慘然的望著我。

二時半到了虹橋萬國公墓，我們又都跟著下車，仍由父親和傑等抬著鋼棺。執事的人，穿著黑色大禮服，靜默前導。

到了墳地上，遠遠已望見地面鋪著青草似的綠氈。中央墳穴裡嵌放著一個大水泥框子。穴上地面放著一個光輝射目的銀框架。架的左右兩端，橫牽著兩條白帶。鋼棺便輕輕的安穩的放在白帶之上。父親低下頭去，左右的看周正了。執事的人，便肅然的問我說：「可以了罷？」我點一點首，他便俯下去，撥開銀框上白帶機括。白帶慢慢的鬆了，盛著母親遺體的鋼棺，便平穩的無聲的徐徐下降。這時大家慘默的凝望著，似乎都住了呼吸。在鋼棺降下地面時，萬千靜默之中，小菊忽然大哭起來，掙出張媽的懷抱，向前走著說：「奶奶掉下去了！我要下去看看，我要下去看看！」華一手拉住小菊，一手用手絹掩上臉。這時大家都又支持不住，忽然都背過臉去，起了無聲的幽咽！

鋼棺安穩平正的落在水泥框裡，又慢慢的抽出白帶來。幾個人夫，抬過水泥蓋子來，平正的蓋上。在四周合縫裡和蓋上鐵環的凹處，都抹上灰泥。水泥框從此封鎖。從此我們連盛著母親遺體的鋼棺也看不見了！

堆掩上黃土，又密密的繞覆上花圈。大家向著這一杯香雲似的土丘行過禮。這簡單嚴靜的葬禮，便算完畢了。我們謝過親朋，陸續的向著園門走。這時林青天黑，松梢上已灑上絲絲的春雨。走近園門，我回頭一望。蜿蜒的灰色道上，陰沉的天氣之中，松蔭蒼蒼，傑獨自落後，低頭一步一跛的拖著自己似的慢慢的走。身上是灰色的孝服，眉宇間充滿了絕望，無告，與迷茫！我心頭刺了一刀似的！我止了步，站著等著他。可憐的孩子呵！我們竟到了今日之一日！

回家以後，呵，回家以後！家裡到處都是黑暗，都是空虛了。我在二月五夜寄給藻的信上說：

跟著我最寶愛的母親葬在九泉之下了。前天兩點半鐘的時候，母親的鋼棺，在光彩四射的銀架間，由白帶上徐徐降下的時光，我的心，完全黑暗了。這心永遠無處捉摸了，永遠不能復活了！不說了，愛，請你預備著迎接我，溫慰我。我要飛回你那邊去。只有你，現在還是我的幻夢！

以後的幾個月中，涵調到廣州去，傑和我回校，父親也搬到北平來。只有海外的楫，在歸舟上，還做著「偎依慈懷的溫甜之夢」。

九月七日晨—陰。我正發著寒熱，楫歸來了。輕輕推開屋門，站在我的床前。我們握著手含淚的勉強的笑著。他身材也高了，手臂也粗了，胸脯也挺起了，面目也黧黑了。海上的辛苦與風波，將我的嬌生慣養的小弟弟，磨練成一個忍辱耐勞的青年水手了！我是又歡喜，又傷心。他只四面的看著，說了幾句不相干的話，才款款的坐在我床沿，說：「大哥並沒有告訴我。船過香港，大哥上來看我，又帶我上岸去吃飯，萬分懇摯愛憐的慰勉我幾句話。送我走時，他交給我一封信，叫我給二哥。我珍重的收起。船過上海，親友來接，也沒有人告訴我。船過芝罘，停了幾個鐘頭，我倚闌遠眺。那是母親生我之地！我忽然覺得悲哀迷惘，萬不自支，我心血狂涌，顛頓的走下艙去。我素來不拆閱弟兄們的信，那時如有所使，我打開箱子，開視了大哥的信函。裡面赫的是一條繫臂的黑紗，此外是空無所有了！

「他哽咽了，俯下來，埋頭在我的衾上，「我明白了一大半，只覺得手足冰冷！到了天津，二哥來接我，我們昨夜在旅館裡，整整的相抱的哭了一夜！」他哭了，「你們為什麼不早告訴我？我一道上做著萬里來歸，偎依慈懷的溫甜的夢，到得家來，一切都空了！忍心呵，你們！」我那時也只有哭的分兒。是呵，我們都是最弱的人，父親不敢告訴我；藻不敢告訴傑；涵不敢告訴楫；我們只能戰慄著等待這最後的一天！忍心的天，你為什麼不早告訴我們，生生的突然的將我們慈愛的母親奪去了！

完了，過去這一生中這段慈愛，一段恩情，從此告了結束。從此宇宙中有補不盡的缺憾，心靈上有填不滿的空虛。

只有自家料理著迴腸，思想又思想，解慰又解慰。我受盡了愛憐，如今正是自己愛憐他人的時候。我當永遠勉勵著以母親之心為心。我有父親和三個弟弟，以及許多的親眷。我將永遠擁抱愛護著他們。我將永遠記著楫二次去國給傑的幾句話：「母親是死去了，幸而還有愛我們的姊姊，緊緊的將我們摟在一起。」

窗外是苦雨，窗內是孤燈。寫至此覺得四顧彷徨，一片無告的心，沒處安放！藻迎面坐著，也在寫他的文字。溫靜沉著者，求你在我們悠悠的生命道上，扶助我，提醒我，使我能成為一個像母親那樣的人！

一九三一年六月三十日夜，燕南園，海淀，北平。驚愛如同一陣風驚愛如同一陣風，在車中，他指點我看西邊，雨後，深灰色的天空，有一片晚霞金紅！再也叫不覺這死寂的朦朧，我的心好比這深灰色的天空，這一片晚霞，是一聲鐘！敲進我死寂的心宮，千門萬戶迴響，隆——隆，隆隆的洪響驚醒了我的詩魂。在車中，他指點我看西邊，雨後，深灰色的天空，有一片晚霞金紅。

一九三一年七月十六日，在車中

22・空巢

老梁左手叉在腰上，右手扶著書架，正佝僂著在看架上排列的書呢。我默默地望著他的肩部隆起的背影，慨嘆地想：他老了，我們都老了，一晃就是三十多年啊！

他是我在大學時代的同屋同級生，他學的是歷史，我學的是文學。我們很合得來，又都喜歡交朋友，因此我們這個屋子是這座宿舍樓中最熱鬧的一間。畢業後，我們又都得到了獎學金到美國去留學，雖然我在中部，他在西部，我們卻是書信不斷，假期裡也總要跑到一起去。得了博士學位以後，我們又同時回國，不過他的成績比我好——帶回了一位在美國生長、很能幹很漂亮的夫人美博。我是回國以後才和一個那時正當著中學教師的同學華平結了婚。我和老梁又同在一個大學裡教課，住處又很近，兩位夫人也很合得來，因此，我們兩家同年生的兒女，就是兩位夫人以自己的名字替彼此的孩子起的。我的女兒叫陳美，他的兒子就叫梁平。

解放前夕，有一位老教授，半夜裡來把我們叫到一起，動員我們乘明天「搶救教授」的飛機離開這危險的故鄉。本來已是驚惶失措的美博，就慫恿老梁接受這個邀請，匆匆忙忙地連夜收拾了簡單的行裝，帶著兒子走了。華平卻很鎮靜地說：「怕什麼？我們到底是中國人，共產黨到底比國民黨強，我死也要死在中國的土地上！」我們留了下來，從此，我們和老梁一家就分手了。

甬道那一邊的廚房裡，不時送來一陣炒菜的聲音和撲鼻的香味，妻和女兒正在廚房裡忙著呢。老梁抽出一本《白香山詩集》來，放在桌上，回頭笑對我說：「好香！在美國的我家裡，就永遠聞不到這種香味。」

他在對面的椅上坐下了。我看他不但背駝得厲害，眼泡也有點浮腫了。

我說：「你難道就不做中國飯吃？」

他說：「美博死後，我自己很少做飯，麻煩得很，一個人吃也沒有意思。」

我說：「那麼，梁平和他媳婦就不回來了嗎？」

他笑了笑：「咳，他媳婦是美籍意大利人，不像咱們中國人那樣，來了就炒菜做飯——這，你也知道——我還得做給他們吃呢！」

這時我的外孫女小文放學回來了，她跑了進來，看見屋裡有客人，就輕輕地放下書包，很靦腆地走到我身邊。我把她推到老梁跟前，讓她叫「梁爺爺」，她用很低的聲音叫了一聲，就又要回到我這邊來。老梁卻把她拉了過去，從頭到腳看了看，笑說：「你長的真像你媽！我走的時候，你媽也就像你這麼大。你爸爸呢？」小文說：「我爸爸今晚上在機關裡值班……」老梁彷彿沒有聽見，卻站起來說：「我差點忘了，這裡有一點點我送給你們的東西……」說著就打開他帶來的一只鼓鼓的黑提包，掏出一罐濃縮咖啡、一條駱駝牌煙和一個手掌大的計算機。他一面把這些東西放在桌子上，一面對我說：「這罐咖啡是送給你們一家的；這條煙是送給你的，還是你愛抽的老牌子；這個計算機是送給小美子的……」他把計算遞給了小文說：「我不知道有你，沒給你帶禮物來，下次再說吧，這計算機你也可以玩，可別帶到數學班上去，聽見沒有？」小文高興地說了聲謝謝，拿著計算機就跑到廚房裡去了。

女兒從廚房裡出來，一面撩起圍裙擦著手，一面笑說：「謝謝您，梁伯伯，這計算機我正用得著，您又送給爸爸煙了？我們好容易才逼著他把煙戒掉了。他那幾年在幹校抽得厲害，下面屋裡沒火，他又常犯氣管炎……」

妻在廚房裡叫：「小美子，你又跑了，看看飯鍋裡要不要加水！」

女兒笑說「來了，來了」回頭要走。

老梁吸了一口氣，說：「提起幹校來，你那幾年日子不好過吧？六六年夏天，我不是回國來了嗎？那天正在你們傳達室裡打聽你的住處，正巧遇見你們一幫教授從『四清』回來，剛到校門口，就有一群帶著紅袖章的學生，圍上前來，把你們拉下卡車來，戴上高帽，塗上黑臉，架著往廣場上走，嚇得我趕緊跑了。那一年回來，什麼人我都沒見著，就回到美國去，把你的情況對美博講了，她難受得哭了一夜……」

這時，還站在門口的女兒，又笑著進來說：「梁伯伯，您不是很會做菜嗎？快來給我們當個參謀吧。」老梁也笑著起來，跟在她後面走了。……

老梁看到我塗黑臉的那一天，只是十年浩劫的開始！從那以後就是抄家、搜書、住牛棚、寫檢查……

我慢慢地站了起來，下意識地拆開了桌上那條長方形的紙包，拿出一包駱駝煙來，抽出一根煙，找出一盒火柴，劃了一下——我的眼前忽然冒出一陣火光，火焰下是一大堆燒著了的卡片……那是我二三十年來，讀萬卷書，行萬里路，用了幾十萬個小時蒐集起來的資料呵……

我點燃了煙，猛吸了幾口，我又下意識地用手揮拂著眼前的濃煙，似乎要趕掉眼前的幻象。

小文忽然跑了進來，把我手裡的煙奪了過去，在煙碟上按滅了，著嘴說：「你又偷偷抽煙了！媽媽和姥姥在廚房裡都聞見煙味了，叫我來管你！」我笑著擰著她的嘴巴說：「這倒好，你們回來，倒多了幾個管我的人了。」她拍地一下把我的手打下去，也笑著說：「本來嘛，媽媽說組織上把我們從西南調回來，就是要我們照顧你，不，就是要管你的！」

老梁進來了，問：「你們鬧什麼呢？來，小文，你給我念念這首詩。」說著他把翻開的《白香山詩集》遞到小文手裡，小文羞怯地看了我們一眼，一字一字地念下去：

樑上有雙燕
翩翩雄與雌
銜泥兩椽間
一巢生四兒

唸到這裡，她抬起頭問老梁：「這個『梁』字，就是您姓的那個『梁』吧？」

老梁拍著小文的肩膀，大聲地誇獎說：「你真是了不起，認得這麼多字，念得還真夠味兒！」

我笑了：「人家都上小學三年級了，該認得好幾千字了。」

這時小文已唸到：

一旦羽翼成
引上庭樹枝
舉翅不回頭
隨風四散飛
雌雄空中鳴
聲盡呼不歸
卻入空巢裡
啁啾終夜悲

老梁忽然兩手抱著頭，自己低聲地念：「卻入空巢裡，啁啾終夜悲……卻入空巢裡……」

小文把這首詩唸完了，看見老梁還沒有抬起頭來，就悄悄地放下書，回頭望我。我向她點了點頭，她就悄悄地走了出去。

我大聲喊道：「老梁，你這一次來還要呆多久？」

他驚醒過來，坐直了，彷彿忘了剛才讓小文讀詩那一段事似的。他嘆了一口長氣說：「明天就走，我的情況不容我久呆呵！」

我沒有說話，只望著他。

他低頭看著自己互握的手，說：「說來話長了，可是還得從頭說起！我們到美國的頭十年，美博也出去工作了，我們攢錢買汽車、置房子和一切必需的家庭用具……這都是在美國成立一個家庭的必要條件，而最要緊的還是為梁平儲蓄下讀大學的費用……可是到了梁平讀完了大學，找到了工作，又結了婚，我也到了退休年齡，而……而美博也逝世了。」

我像安慰他似的，說：「你退休了，正可以得閒著書了。」

他苦笑一聲：「著書？我是非著書不可，退休金不多，我要交的所得稅可不少！我把我們家樓上的幾間空屋子租給幾個大學生住，不包飯，我自己每頓只吃一點簡單的飯。就是做一點飯，我的鍋勺盤碗，也是隔幾天才洗一次！幸虧有一個朝鮮的學生，研究明史的，常來問我些問題，他來了就替我做飯，並替我洗碗，這算他給我的報酬，但是他也和我一塊吃飯，這又是我給他的報酬……」

我打斷他：「你不是提到著書嗎？」

他又悽然地笑了：「對，為了生活下去，我必須弄點版稅。你不知道現在美國出一本書多麼困難，我又不會寫小說，就是一本小說，能暢銷，也極不容易，請名家寫一篇書評比登天還難。我挑了一個新奇而又不容易『露餡』的題目，就是《中國的宦官制度》。這次回國就是為蒐集材料而來的，沒想到北京的許多圖書館還沒有整理好，有的沒有介紹信還進不去……我想明天到上海看看，我的北京侄子家裡也不能久住，他們兩口子帶兩個孩子只有一間半屋子，讓出半間給我，當然給他們帶來很大的不便，雖然他們堅持說住家裡比住旅館節省得多……好了，不說了，老陳，你們現在怎麼樣呢？」

我笑了一笑，又想伸手去拿煙，立刻自己控制住了，說：「華平不錯，她一直在中學教書，當然也有幾年不大順心的日子，現在好了，她也已經退休了，可是她還得常到學校裡去。本來我從五七年以後，就不能教書了……調到圖書館裡工作，也好，我搜集了不少的資料卡片。六六年以後，我的那些卡片，連同以前的，也都被燒掉了！這以後的情況，也和絕大多數的知識分子一樣，但我還是活下來了，我始終沒有失去信念！我總是遠望著玫瑰色的天邊！……我閒了二十年，如今，政策落實了，我也到了退休年齡，反倒忙起來了！我說我上不了大課，但學校裡一定要我帶研究生，還好，這幾個研究生，都很紮實，很用功，只是外文根柢差一些，看不懂外文的參考書，本來嘛，他們整整耽誤了十幾年，他們中間年紀最輕的也有三十多歲了……」

老梁用回憶的眼光看著我說：「我們像他們這樣年齡，已經當上教授、系主任了。」

我說：「正是這話——他們正努力地把失去的光陰奪回來。我也是這樣，恨不得把我知道的一切，都交給他們，好把『青黃』接了上去，可是這二十年來我自己也落後了，外國寄來的新書，有許多名詞我都看不懂，更不用說外國的作家和流派了。明年春天，我還要跟一個代表團到美國去，我真不知道如何對付！同時，我還有寫不完的趕任務的文章，看不完的報紙刊物，回不完的信件，整天忙得暈頭轉向！」

老梁猛地一下站了起來，說：「能忙就好，總比我整天一個人在『空巢』裡待著強……」

女兒端了一個擺滿餐具的盤子進來，我也站了起來，同老梁把靠牆放的一張方桌抬到屋子的中間。女兒安放好杯箸，便和妻進進出出地擺好一桌熱騰騰的菜。女兒安排老梁、我和她媽媽各據一方，她自己和小文並排坐在老梁的對面，又拿起茅台酒瓶來，笑著說：「三十年不見了，今晚媽媽陪梁伯伯喝一杯，爸爸喝多了不好，少來一點吧。」妻忙說：「梁伯伯是不會喝酒的，茅台酒又厲害，這瓶酒是我讓他帶回去當禮物送人的，大家都少來一點，意思意思吧！」老梁卻一把把酒瓶奪了過去，滿滿地斟了一杯，一仰脖就幹了，又滿滿地給自己斟了一杯，還替我和妻斟了半杯。他一邊用手背抹了抹嘴唇，一面大聲念：

十觴亦不醉

感子故意氣

明日隔山嶽

世事兩茫茫

唸完，他哈哈大笑了起來，一仰脖又把第二杯酒喝乾了，這時他滿臉通紅，額上的汗都流到了耳邊。妻連忙從他緊握的手裡，奪過酒瓶來，說：「吃菜吧，空肚子喝多了酒要傷人的！」女兒連忙又把妻手裡的酒瓶，放到窗台上。老梁頹然地坐了下去，拿起筷子，睜著浮腫的眼皮望著妻和女兒，說：「你們不但管老陳，還要管我！我是多少年沒人管的了……可是我要是有人管，那有多好！」

這一頓飯，一點不像好友久別後的聚餐，老梁是一語不發，好像要拿飯菜去堵回他心裡的許多話，我們也更不敢說什麼。小文驚奇地看看這個，看看那個，趕緊扒拉完一碗飯，就溜回她們屋子裡去了。

妻和女兒撤下飯菜去，把果盤和果刀擺上的時候，老梁已完全清醒了，他接過小手巾來，擦了一下他的煞白的臉，正要說話，門外一連響了幾聲汽車的喇叭。老梁抬頭望著窗外說：「對了，是我侄子替我叫的出租汽車，說是夜裡坐公共汽車進城怕不方便……」女兒趕緊站了起來，說：「梁伯伯，您別忙，我出去和司機說請他等一會兒，您吃完水果再走。」說著就跑了出去。

老梁三口兩口地把妻給他削好的幾片梨，都吃了下去，一面站了起來。提起皮包，伸手便到窗台上去取那瓶酒，妻按住他的手，笑說：「這瓶不滿了，等老陳明春到美國時再給你帶一整瓶去。」他沒有說什麼，我幫他披上大衣，我們去到門口，正碰見女兒回來，老梁忽然問：「小文呢？」女兒說：「她大概睡了。」老梁說：「我去看看她。」

女兒把老梁帶進她們的屋裡，打開床側的燈，在書架後面一張雙人床旁邊，一張小帆布床上，小文把被子裹得緊緊地，睡得正甜呢，老梁低下頭去，輕輕地吻了她一下。妻笑說：「你還是那樣地愛小孩。梁平有孩子吧？」

老梁冷冷地笑著說：「沒有，他的媳婦兒嫌麻煩，不要，可她還養了兩隻波斯貓！」女兒笑著打岔說：「您看我們這屋裡多擠！這本來爸爸和媽媽的書房，讓我們給佔了。」老梁把燈關了，一面走出來，一面回頭對我們說：「你們這個『巢』多『滿』呵！」

司機從裡面把後座的車門推開了。老梁拱著背上了車，卻搖下車窗來，對女兒說：「小美子，外面風冷得很，你快陪爸爸媽媽進去吧。」

車尾的紅燈，一拐彎就不見了，女兒扶著我們的肩，推著我們往回走，我們都沒有說話，眼前卻彷彿看見老梁像一隻衰老的燕，扇著無力的翅膀，慢慢地向著遙遠的空巢飛去。

23・煩悶

幾聲晨興的鐘，把他從疲乏的濃睡中喚醒。他還在神志恍惚的時候，已似乎深深的覺得抑鬱煩躁。推開枕頭，枕頭左臂，閉目思索了一會，又似乎沒有什麼事情，可以使他不痛快。這時廊外同學來往的腳步聲，已經繁雜了，他只得無聊地披衣起來；一邊理著桌上散亂的書，一邊呆呆地想著。

盥漱剛完，餐鈴響了，他偏不吃飯去；夾著書，走到課室，站在爐邊。從窗戶裡看同學們紛紛的向著餐室走，他的問題又起了：「到底是吃飯為活著，還是活著為吃飯？一生的大事，就是吃飯麼？假如人可以不吃飯，豈不可以少生許多的是非，少犯許多的罪惡麼？但是……」他的思想引到無盡處，不禁拿起鉛筆來，在本子上畫來畫去的出神。

不知站了多少時候，忽地覺得有人推門進來。回頭看時，正是同班學友可濟和西真，也一塊兒夾著書來了，看見他都問：「你怎麼不吃飯去？」他微笑著搖一搖頭。他們見他這般光景，就也不說什麼；在爐旁站了一會，便去坐下，談論起別的事來。

要在別日也許他也和他們一塊兒說去，今天他只不言語，從背後呆呆的看著他們。他想：「西真這孩子很聰明，只是總不肯用一用思想——其實用思想又有什麼用處，只多些煩惱，不如渾化些好。」又想：「可濟昨天對我批評了半天西真，說他不體恤人，要一輩子不理他。今天又和他好起來，也許又有什麼求他的事，也未可知。總之人生只謀的是自己的利益，朋友的愛和仇，也只是以此為轉移，——世間沒有真正的是非，人類沒有確定的心性。」又想，「可濟的哥哥前幾天寫信來叫我做些稿子，還沒有工夫覆他，他哥哥……」這時同學愈來愈多，他的思潮被打斷，便拿起書來，自去坐下。

他很喜歡哲學，但今日卻無心聽講，只望著窗外的枯枝殘雪。偶然聽得一兩句，「唯物派說心即是物——世界上的一切現象，只是無目的的力與物的相遇。」這似乎和他這些日子所認可的相同，便收回心來，抬頭看著壁上的花紋，一面聽著。一會兒教授講完了，便徵求學生的意見和問題，他只默然無語。他想：「哲學問題沒有人能以完全解答，問了又有什麼結果；只空耗些光陰。」

一點鐘匆匆過去了，他無精打采的隨著眾人出來。

回到屋裡，放下書，走了幾轉，便坐下；無聊的拿出紙筆，要寫信給他姊姊。這是他煩悶時的習慣，不是沉思，就是亂寫。

親愛的姊姊：

我今天又起了煩悶了，你知道這裡的天氣麼？陰冷，黯淡，更將我的心情，冷淡入無何有之鄉了。

你莫又要笑我，我的思潮是起落無恆。和我交淺的人，總覺得我是活潑的，有說有笑的，我也自覺我是動的不是靜的。然而我喜玄想，想到上天入地。更不時的起煩悶，不但在寂寞時，在熱鬧場中也是如此。姊姊呵！這是為什麼呢？是遺傳麼？有我的時候，勇敢的父親，正在烈風大雪的海上，高唱那「祈戰死」之歌，在槍林炮雨之下，和敵人奮鬥。年輕的母親，因此長日憂慮。也許為著這影響，那憂鬱的芽兒，便深深的種在我最初的心情裡了。為環境麼？有生以來，十二年荒涼落寞的海隅生活，看著渺茫無際的海天，聽著清晨深夜的喇叭，這時正是湯琵琶所說的「兒無所悲也，心自淒動耳」的境象了。像我們那時的——現在也是如此——年紀和家庭，哪起能什麼身世之感？然而幼稚的心，哪經得幾番淒動，久而久之，便做成習慣了。

可恨那海隅生活，使我獨學無友，只得和書籍親近。更可恨我們那個先生，只教授我些文學作品，偏偏我又極好它。終日裡對著百問不答神秘的「自然」，替古人感懷憂世。再後雖然離開了環境的逼迫，然而已經是先入為主，難以救藥了。

我又過了八年城市的學校生活，這生活也有五六年之久，使我快樂迷眩，但漸漸的又退回了。我的同學雖然很多，卻沒有一個可與談話的朋友。他們雖然不和我太親密，卻也不斥我為怪誕，因為我同他們只說的是口裡的話，不說心裡的話。我的朋友的範圍，現在不只在校內了。我在海隅的時候，只知道的是書上的人物，現在我已經知道些人物上的人物。姊姊呵！罪過的很！我對於這些人物，由欽羨而模仿，由模仿而疑懼，由疑懼而輕藐。總而言之，我一步一步的走近社會，同時使我一天一天的看不起人！

不往下再說了，自此而止罷。姊姊呵。前途怎麼辦呢？奮鬥麼？奮鬥就是磨滅真性的別名，結果我和他們一樣。不奮鬥麼？何處是我的歸宿？隨波逐流，聽其自然，到哪裡是哪裡，我又不甘這樣飄泊！

因此，我常常煩悶憂鬱，我似乎已經窺探了社會之謎。我煩悶的原因，還不止此，往往無端著惱。連我自己也奇怪，只得歸原於遺傳和環境。但無論是遺傳，是環境；已的確做成了我這麼一個深憂沉思的人。

姊姊，我傲岸的性情，至終不能磨滅呵！我能咬著牙慰安人，卻不能受人的慰安。人說我具有冷的理性，我也自承認是冷的理性。這時誰是我的慰安，誰配慰安我呢？姊姊呵！我的眼淚，不能在你面前掩蓋，我的嘆息，不能在你耳中隱瞞。親愛的姊姊「善美的安琪兒」——你真不愧你的朋友和同學們贈你的這個徽號——只有你能慰安我，也只有我配受你的慰安。你雖不能壅塞我眼淚的泉源，你卻能遏止這泉流的奔湧。姊姊呵！你雖不和我是一樣的遺傳，卻也和我是一樣的環境，怎麼你就那樣的溫柔，勇決，聰明，喜樂呢？——雖人家也說你冷靜，但相似之下，和我已相差天地了——我思想的歷史中的變遷和傾向，至少要有你十分之九的導力。我已經覺得是極力的模仿你，但一離開你，我又失了自覺。就如今年夏天，我心靈中覺得時時有喜樂，假期一過，卻又走失了。姊姊，善美的姊姊！飄流在覺悟海中——或是墮落海中，也未可知——的弟弟，急待你的援手呵！

年假近了，切望你回來，雖然筆談比面談有時反真切，反徹底，然而冬夜圍爐，也是人生較快樂的事，不過卻難為你走那風雪的長途。小弟弟也盼望你回來，上禮拜我回家去的時候，他還囑咐我——他決不能像我，也似乎不很像你，他是更活潑爽暢的孩子。我有時想，他還小呢，十歲的年紀，自然是天真爛漫的。但無論如何，決不至於像我。上帝祝福他！只叫他永遠像你，就是我的禱祝了。

姊姊！風愈緊了，雪花也飄來了。我隨手拿起筆來，竟寫了六張信紙，無端又耗費了你五分鐘看信的工夫，請你饒恕我。親愛的姊姊，再見罷！

你憂悶的弟弟

匆匆的寫完了，便從頭看了一遍，慢慢的疊起來。自己挪到爐邊坐著，沉思了一會，又回來，重新在信後注了幾句——

姊姊！你看了信，千萬不必過分的為我難過。我的思潮起落太無恆，也許天明就行無所事了。我不願意以無端的事，不快了我，又不快了你。

注完便封了口，放在桌上。——其實這信，他姊姊未必能夠看見：他煩悶時就寫信，寫完，自己看幾遍，臨到付郵的時候，說不定一剎那頃，他腦子裡轉一個彎兒，便燒了撕了。他不願意人受他思想的影響，更不願意示弱，使人知道他是這樣的受環境的逼迫。橫豎寫了，他精神中的痛苦，已經發洩，不寄也沒有什麼，只是空耗了無數的光陰和紙筆。

這時場院裡同學歡笑奔走的聲音，又散滿了，已經到了上午下課的時候。他覺得餓了，便出來自己先走到餐室裡。一會兒同學們也來了，一個個凍紅著臉，搓著手，聚在爐邊談話。可濟回頭看見他，便問：「這兩點鐘沒課，你做什麼來著？」他說：「沒做什麼，只寫了幾封信。」可濟說：「正是呢，我哥哥等著你的回信，千萬別忘了。」他點一點頭。

飯後走了出來，大地上已經白茫茫的了，空中的雪片，兀自飄舞。正走著，西真從後面趕上說，「今天下午四點的委員會，你千萬要到。」他便站住了說，「我正要告訴你呢，今天是禮拜六，昨天我弟弟就寫信叫我早些回去，大概是有點事。今天就請你替我主席罷，我已經告了假了。」西真道：「你又來，哪能有這樣湊巧的事。你若不去，他們又該說你了；辦事自然是難的，但你這人也未免太……」他沉下臉來說：「太什麼？」西真咽住了笑道，「沒有什麼，不過我勸你總是到了好。」他低下頭走著，半天不言語，一會兒便冷笑道：「我也看破了。每人都要耍弄聰明，我何苦白操這一番心？做來做去，總是這麼一回事。什麼公益？什麼服務？我勸大家都不必做這夢了。撒手一去，倒可以釋放無數勞苦的眾生。其實我也不用說別人，我深深的自己承認，我便是罪惡的魁首，魔鬼的頭兒。」西真聽了，也不說什麼。這時已經走到他屋門口，他又說：「其實——我倒不是為這個，我今天真有點事，請你千萬代勞；全權交給你了，不必再徵求我的意見。」西真遲疑了一會說，「也好。」他便點一點頭進去了。

到了屋裡，百無聊賴，凍結的玻璃窗裡，往外看著模糊的雪景，漸漸的困倦上來；和衣倒下，用手絹蓋上臉，彷彿入夢。

不一會兒又醒了，倒在床上呆想，心中更加煩躁，便起來想回家去。忽然憶起可輝的信未覆，不如寫了再走，拿起筆來，卻先成了一篇短文字：

青年人一步一步的走進社會，他逐漸的看破「社會之謎」。使他平日對於社會的欽慕敬禮，漸漸的雲消霧滅，漸漸的看不起人。

社會上的一切現象，原是只可遠觀的。青年人當初太看得起社會，自己想像的興味，也太濃厚；到了如今，他只有悲觀，只有冷笑。他心煩意亂，似乎要往自殺的道上走。

原來一切都只是這般如此，說破不值一錢。

他當初以爲好的，以爲百戰不能至的，原來也只是如此。——這時他無有了敬禮的標準，無有了希望的目的；只剩他自己獨來獨往，孤寂淒涼的在這虛僞痛苦的世界中翻轉。

他由看不起人，漸漸的沒了他「愛」的本能，漸漸的和人類絕了來往；視一切友誼，若有若無，可有可無。

這是極大的危險不是？我要問作青年人環境的社會！

一方面他只有苦心孤詣的傾向自然。——但是宇宙是無窮的，蘊含著無限的神秘，沉靜的對著他。他有限的精神和思路，對此是絕無探索了解的希望。他只有低徊，只有贊嘆，只有那渺渺茫茫無補太空的奇怪情緒。

兩種心理，將青年人懸將起來，懸在天上人間的中段。

這是極大的危險不是？青年要問宇宙，也要問自己。

青年自己何嘗不能為人生和宇宙，作種種完滿的解答？但理論是一件事，實踐又是一件事。他說得來卻做不到，他至終仍是懸著。

這兩方面，又何嘗不可以「不解之解」解決了？但青年人不能升天，不甘入地；除非有一方面能完完全全的來適應他。

宇宙終古是神秘的；但社會又何妨稍稍的解除虛偽和痛苦，使一切的青年人不至於不著邊際？

極大的危險，已經臨到了，青年自己也明明白白地知道——

他一口氣寫完了，看了一遍，放在旁邊，找出可輝的信來，呆呆的看著，半天，很昏亂的拿起筆來，又寫：

可輝兄：

前幾天從令弟處轉到你的信；你的詩《月夜》，也拜讀了，很好。我也是極喜歡月夜的，我經歷過的海上和山中的月夜，那美景恐怕你還沒有遇見過。但我總覺得月夜不如星夜；月夜的感覺散漫，不如星夜那般深沉。燦爛的繁星，襯著深藍的夜色，那幽深靜遠的太空，真使人微嘆，使人深思，使人神遊物外呵！我有時對著無星的月夜，恨不得將心靈的利斧，敲碎月明，幻作萬千星辰，叫它和著風中的密葉繁枝，頌贊這「自然」的神秘。你也曾有這種的幻想麼？

論到文學創作問題，天才以外的人，自然總不如天才的創作那般容易。——這容易不是多少的問題——因為見得到是一件事，寫得出又是一件事。天才的觀察，也許和別人一般，只是他能描寫得非常的自然，非常的深刻，便顯得高人一著。不過將創作文學的責任，交付天才，也有一件危險。他們的秉賦不同，感覺從他腦中滲過的時候，往往帶著極濃厚的特具的色彩；樂便樂到極處，悲也悲到極處。愈寫得動人，愈引導閱者趨向他偏窄的思路上去，他所描寫的對象，就未免模糊顛倒了。至此牽連到文學材料問題，我又起怪想了，宇宙中一切的物事，件件都是可描寫的；無論在山村，在都市，只要有一秒鐘寂靜的工夫，坐下想一想，站住看一看，我們的四圍，就充滿了結構非常精密的文學材料，又何用四處尋求呢？我主張與其由一兩個人——無論是否天才——來描寫，不如由大家同來實地觀察，各人得著自己的需要。一兩個人的感覺和文字，怎能寫盡這些神秘，沒的玷辱隱沒了這無限的「自然」！

文壇上真寂寞呵！我不信拿這些現時的文學界中人的人格，就足以支撐我們現代的文學界，然而他們的確已這樣的支撐了，真是——我也知止了，懺悔了。然而古往今來，其實也都是如此，古文學家或者還不如今，不過我們看不見，便只有盲從贊嘆。何必多說？世界上原只是滑稽，原只是虛偽。古人欺哄今人，今人又欺哄後人，歷史中也盡是一脈相延的欺哄的文字。

說到這裡，我又想起你說我的話。你說我只能影響別人，卻不能受人的影響。你太把我看重了！我哪裡有影響人的力量？至於我受人的影響，是的確不少，你不理會就是了。你又勸我不要太往悲觀裡思想，我看這個不成問題，我近來的思想，幾乎瞬息萬變。告訴你一個笑話，我現在完全的贊同唯物派的學說。幾乎將從前的主張推翻了。不過我至終不承認我昨日的主張，以至今日的，明日的，也是如此。我年紀太輕，閱歷太淺，讀的書也太少。人生觀還沒有確定；偶然有些偏於憂鬱的言談和文字，也不過是受一時心境的影響和環境的感觸，不至於長久如此的，而且如不從文字方面觀察，我就不是悲觀的我。因此我從來不以思想的變遷為意，任這過渡時代的思潮，自由奔放，無論是深悲是極樂，我都聽其自然。時代過了，人生觀確定了，自然有個結果。請你放心罷，我是不須人的慰安的，謝謝你。

「作稿問題」，我真太羞赧了，我不願意再提——附上一篇，是剛才亂寫的，不過請你看一看——這便是末一次。因為我愈輕看人，愈拿著描寫「自然」不當做神聖的事；結果是我自己墮落，「自然」自殺。我不想再做了，不如聽「自然」自己明明白白地呈露在每個漁夫農婦的心中，覆蓋了無知無識的靈魂，舒展了無盡無邊的美。

到此還有什麼可說的呢？——你所愛的孩子，我的小弟弟，活潑勝常，可以告慰。

雪中的天色，已經昏暗了，我要回家去。歸途中迎面的朔風，也許和你樓旁的河水相應答。何不將心靈交托給這無界限的天籟，來替我們對語！

你的朋友

匆匆的寫完，和那篇稿子一塊兒封了起來。又從桌上拿起給姊姊的信來，一同放在袋裡。撿出幾本書，穿上外衣，戴上帽子，匆匆的又走出來；一眼望見西真和幾個同學，都站在「會議室」的門口目送著他。

街上只有朔風吹著雪片，和那年輪壓著雪地軋軋的細響。路燈已經明了，一排兒繁星般平列著；燈下卻沒有多少行人，只聽得歸巢的寒鴉，一聲聲的叫噪。他坐在車上想：「當初未有生物的時候，大地上也下雪麼？倘若有雪，那才是潔白無際，未經踐踏，任它結冰化水，都是不染微瑕的。」又想：「只有『家』是人生的安慰，人生的快樂麼？可憐呵！雪冷風寒，人人都奔走向自己暫時的歸宿。那些無家的人又將如此？——永久的家又在哪裡？」他愈想愈遠，竟然忘卻寒風吹面。忽然車停了，他知道已經到家了。

走進門去，穿過甬路，看見餐室裡只有微微的光；心想父親或者不在家。他先走上樓去，捻亮了電燈，放下書，脫了外套，又走下來。

輕輕的推開門，屋裡很黑暗，卻有暖香撲面。母親坐在溫榻上，對著爐火，正想什麼呢。弟弟頭枕在母親的膝上，腳兒放在一邊，已經睡著了。跳蕩的火光，映著弟弟雪白的臉兒，和母親扶在他頭上的手，都幻作微紅的顏色。

這屋裡一切都籠蓋在寂靜裡，鐘擺和木炭爆發的聲音，也可以清清楚楚的聽見。光影以外，看不分明；光影以內，只有母親的溫柔的愛，和孩子天真極樂的睡眠。

他站住了，凝望著，「人生只要他一輩子是如此！」這時他一天的愁煩，都驅出心頭，卻涌作愛感之淚，聚在眼底。

母親已經看見他了；他只得走近來，俯在弟弟的身旁。母親說：「你回來了，冷不冷？」他搖一搖頭。母親又說：「你姊姊來了一封信，她說……」他抬起頭來問道：「她說什麼？」母親看著他的臉，問道：「你怎麼了？」他低下頭說：「沒有什麼——」這時他的眼淚，已經滴在弟弟的臉上了。

24·莊鴻的姊姊

我和弟弟對坐在爐旁的小圓桌旁邊，桌上擺著一大盤的果子和糕點。盤子中間放著一個大木瓜，香氣很濃。四壁的梅花瘦影，交互橫斜。爐火熊熊。燈光燦然。這屋裡寂靜已極。弟弟一邊剝著栗子皮，一邊和我談到別後半年的事情。

他在唐山工業學校肄業，離家很遠，只有年假暑假，我們才能聚首，所以我們見面加倍的喜歡親密。這天晚上，母親和兩個小弟弟，到舅母家去，他卻要在家裡和我作伴。這時弟弟笑問道：「姊姊！我聽見二弟說，你近來做了幾篇小說，可否讓我看看？」我說：「稿子都撕去了，但是二弟曾從報紙上裁下我的小說來留著，我去找一找看。」一面便去找了來遞給他。他接過來便一篇一篇的往下看，我自己又慢慢的坐下。

忽然弟弟抬起頭來，四下裡看了一看，笑對我說：「我們現在又走到小說裡去了。這屋裡的光景，和你做的那一篇《秋雨秋風愁煞人》頭一段的光景，是一樣的，不過窗外沒有秋風秋雨，窗內卻添了爐火，桂花也換了梅花了。」我也笑道：「窗外還有一件美景，是這篇小說裡沒有的。」他便走到窗下，掀起窗帘看了一看，回頭笑說：「是不是庭院裡的玉樹瓊枝？」我道：「是了。」弟弟又挨次將小說看完了，便說：「倒也有點意思。」我笑了一笑說：「這不過是我悶來借此消遣就是了，我哪裡配做小說？」弟弟說：「你現在有工夫為什麼不做？」我一面站起來一面笑道：「年假裡也應該休息休息，而且你回來了，我們一塊兒談話遊玩，何等熱鬧，更不願意……」

這時候僕人進來，遞給弟弟一張名片。弟弟看了便說：「恐怕客廳裡爐火已經滅了，請他到這屋裡坐罷。」僕人答應著出去了，弟弟回頭對我說：「莊鴻是我的一個好朋友，他別號叫做秋鴻，品學都很好的，我最喜歡和他談話。但不知道他有什麼要緊的事情，今天夜裡來找我！」正說著莊鴻已經跟著僕人進來，燈光之下，看見他穿著灰色布長袍，手裡拿著一頂絨帽子。年紀也和弟弟相彷彿，只有十四五歲光景，態度很是活潑可愛。他和弟弟拉過手，回頭看見我，也笑著鞠了一躬。我便讓他坐下，又將桌上的報紙收起來，自己走到梅花盆後對著爐火坐著。

弟弟一面端過茶杯，又將果碟推到他面前，一面笑道：「秋鴻！你今天夜裡來找我做什麼？」秋鴻說：「我在家裡悶極了，所以要來和你談談。」弟弟說：「在學校裡你又盼著回家，回到家你又嫌悶，你看我……」秋鴻接著說：「我哪裡比得上你，你又有姊姊，又有弟弟，成天裡談話遊玩，自然不覺得寂靜。我在家裡沒有人和我玩，自然是悶的。」弟弟道：「你不是也有一個姊姊麼，為什麼說沒有伴侶？」秋鴻便不言語。過了一會，用很低的聲音說：「我姊姊麼？我姊姊已經在今年九月裡去世了。」

這時我抬起頭來，只見秋鴻的眼裡，射出瑩瑩的淚光。弟弟沒了主意，便說：「為什麼我沒有聽見你提過？」秋鴻說：「連我都是昨天到家才知道的，我家裡的人怕我要難過，信裡也不敢提到這事。昨天我到家一進門來，見過了祖母和叔叔，就找姊姊，他們才吞吞吐吐的告訴我說姊姊死了。我聽見了，一陣急痛，如同下到昏黑的地獄一般，悲慘之中，卻盼望是個夢境，可憐呵！我弟弟真……」說到這裡，便咽住了，只低著頭弄那個茶杯，前襟已經濕了一大片。急得弟弟直推他說：「秋鴻！你不要哭了！」底下便不知道說什麼好了，只一面拉著他，一面回頭看著我。我只得站起來說：「秋鴻！你又何必難過，『人生如影世事如夢』，以哲學的眼光看去，早死晚死，都是一樣的。」秋鴻哽咽著應了一聲，便道：「我姊姊是因著抑鬱失意而死的，否則我也不至於這樣的難過。自從我四歲的時候，我的父母便都亡過了，只撇下姊姊和我，跟著祖母和叔叔過活。姊姊只比我大兩歲，從前也在一個高等小學念書。她們學校裡的教員，沒有一個不誇她的，都說像她這樣的才質，這樣的志氣，前途是不可限量的。我姊姊也自負不凡，私下裡對我說：『我們兩個人將來必要做點事業，替社會謀幸福，替祖母爭光榮。你不要看我是個女子，我想我將來的成就，未必在你之下。』因此每天我們放學回來，多半在一塊研究學問談論時事。我覺得她不但是我的愛姊，並且是我的畏友。我的學問和志氣，可以說都是我姊姊幫助我立好了根基。咳！從前的快樂光陰，現在追想起來，恨不得使它『年光倒流』了。」

這時候他略頓一頓。弟弟說：「秋鴻！你喝一口茶再說。」他端起茶杯來卻又放下，接著說：「我叔叔是一個小學教員，薪水僅供家用。不想自中交票跌落以來，教員的薪水又月月的拖欠，經濟上受了大大的損失，便覺得支持不住。家裡用的一個僕婦，也辭退了。我的祖母年紀又老，家務沒有人幫她料理，便叫我姊姊不必念書去了，一來幫著做點事情，二來也節省下這份學費。我姊姊素來是極肯聽話的，並沒有說什麼。我心裡覺得不妥，便對叔叔說：『像我姊姊這樣的才質，拋棄了學業，是十分可惜的。若是要節省學費的話，我也可以不去……』叔叔嘆一口氣方要說話，祖母便接著說：「你姊姊一個姑娘家，要那麼大的學問做什麼？又不像你們男孩子，將來可以做官，自然必須念書的。並且家裡又實在沒有餘款，你願意叫她念書，你去變出錢來。』我那時年紀還小，當下也無言可答，再看我叔叔都沒有說什麼，我也不必多說了。自那時起，我姊姊便不上學去了，只在家裡幫做家事，燒茶弄飯，十分忙碌，將文墨的事情，都撇在一邊了。我看她的神情，很帶著失望的，但是她從來沒有說出。每天我放學回來，她總是笑臉相迎，詢問寒暖。晚上我在燈下溫課，她也坐在一旁做著活計伴著我。起先她還能指教我一二，以後我的程度又深了些，她便不能幫助我了，只在旁邊相伴，看著我用功，似乎很覺得有興味，也有羨慕的樣子。有時我和她談到祖母所說的話，我說：『為何女子便可以不念書，便不應當要大學問？』姊姊只微笑說：『不必說祖母了，這也是景況所逼。你只盼中交票能以恢復原狀，教育費能不拖欠，經濟上從容一點，我便可以仍舊上學了。』我姊姊的身子本來生的單弱，加以終日勞碌，未免乏累一點；又因她失了希望，精神上又抑鬱一點，我覺得她似乎漸漸的瘦了下去。有時我不忍使她久坐，便勸她早去歇息，不必和我作伴了。她說：『不要緊的，我自己不能享受這學問的樂處，看著別人念書，精神上也覺得愉快的。』又說：『我雖然不能得學問，將來也不能有什麼希望，卻盼望你能努力前途，克償素志，也就……』我姊姊說到這裡，眼眶裡似乎有了眶痕。

「去年我高等小學畢業了，我姊姊便勸我去投考唐山工業專門學校。考取了之後，姊姊十分的喜歡，便對我說：『從今以後，你更應當努力了！』但是唐山學校學費很貴，我想不如我不去了，只在北京的中學肄業，省下一半的學費，叫我姊姊也去求學，豈不是很好？便將這意思對家裡的人說了，祖母說：『自然是你要緊，並且你姊姊也荒廢了好幾年了，也念不出什麼書來。』姊姊也說：『我近來的腦力體力大不如從前了，恐怕不能再用功，你只管去罷，不必惦念著我了。』我聽了這話，只覺得感激和傷心都到了極處，便含著淚答應了。我想我姊姊犧牲了自己的前途來栽培我，現在我的學業還沒有完畢，我的……我姊姊卻看不見了。」

我聽到這裡，心中覺得一陣悲酸。爐火也似乎失了熱氣。我只寂寂的看著弟弟，弟弟卻也寂寂的看著我。

秋鴻又說：「去年年假和今年暑假，我回來的時候，總是姊姊先迎出來，那種喜歡溫藹的樣子，以及她和我所說的『弟弟！我所最喜歡的就是你每次回來，不但身量高了，而且學問也高了，志氣也高了。』這些話，我總不能忘記。她每次給我寫信，也都是一篇懇摯慰勉的話。每逢我有什麼失意或是精神頹喪的時候，一想起姊姊的話，便覺得如同清曉的霜鐘一般，使我驚醒；又如同爐火一般，增加我的熱氣。但是從今年九月起，便沒有得著姊姊的信。我寫信問了好幾次，我叔叔總說她的事情太忙，或是說她病著，我雖然有一點怪訝，也不想到是有什麼意外的事。所以昨天我在火車上，心中非常的快樂，滿想著回家又見了我姊姊了，誰知道……今夜我一人坐在燈下，越想越難過。平日這燈下，便是我們的天堂；今日卻成了地獄了，沒有一個地方一件事情，不是使我觸目傷心的。待要痛哭一場，稍泄我心中的悲痛，但恐怕又增加祖母和叔叔的難受，只得走出來疏散。走到街上，路燈明滅，天冷人靜，我似乎無家可歸了，忽然想起你來，所以就來找你談話，卻打攪了你們姊弟怡怡的樂境，只請你原諒罷。」這時秋鴻也說不出話來，弟弟連忙說：「得了！你歇一歇罷。」秋鴻還繼斷續續的說道：「我不明白為什麼中交票要跌落？教育費為什麼要拖欠？女子為什麼就不必受教育？」

忽然聽得外面敲門的聲音，弟弟對我說：「一定是媽媽回來了。」秋鴻連忙站起來對弟弟說：「我走了。」弟弟說：「你快擦乾了眼淚罷。」他一面擦了擦眼睛，一面和我鞠躬「再見」，便拉著弟弟的手跑了出去。我仍舊坐下，拿著鐵鉤撥著爐灰，心裡想著秋鴻最後所說的三個問題，不禁起了無限的感慨。母親和幾個弟弟一同走了進來，我也沒有看見。只聽得二弟問道：「弟弟！姊姊一個人坐在那裡做什麼？」弟弟笑說：「姊姊又在那裡想做小說了。」

25・斯人獨憔悴

一個黃昏，一片極目無際茸茸的青草，映著半天的晚霞，恰如一幅圖畫。忽然一縷黑煙，津浦路的晚車，從地平線邊蜿蜒而來。

頭等車上，憑窗立著一個少年。年紀約有十七八歲。學生打扮，眉目很英秀，只是神色非常的沉寂，似乎有重大的憂慮，壓在眉端。他注目望著這一片平原，卻不像是看玩景色，一會兒微微的嘆口氣，猛然將手中拿著的一張印刷品，撕得粉碎，揚在窗外，口中微吟道：「安邦治國平天下，自有周公孔聖人。」

站在背後的劉貴，輕輕的說道：「二少爺，窗口風大，不要盡著站在那裡！」他回頭一看，便坐了下去，臉上仍顯著極其無聊。劉貴遞過一張報紙來，他搖一搖頭，卻仍舊站起來，憑在窗口。

天色漸漸的暗了下來，火車漸漸的走近天津，這二少爺的顏色，也漸漸的沉寂。車到了站，劉貴跟著下了車，走出站外，便有一輛汽車，等著他們。嗚嗚的響聲，又送他們到家了。

家門口停著四五輛汽車，門楣上的電燈，照耀得明如白晝。兩個兵丁，倚著槍站在燈下，看見二少爺來了，趕緊立正。他略一點頭，一直走了進去。

客廳裡邊有打牌說笑的聲音，五六個僕役，出來進去的伺候著。二少爺從門外經過的時候，他們都笑著請了安，他卻皺著眉，搖一搖頭，不叫他們聲響，悄悄的走進裡院去。

他姊姊穎貞，正在自己屋裡燈下看書。東廂房裡，也有婦女們打牌喧笑的聲音。

他走進穎貞屋裡，穎貞聽見帘子響，回過頭來，一看，連忙站起來，說：「穎石，你回來了，穎銘呢？」穎石說：「銘哥被我們學校的幹事部留下了，因為他是個重要的人物。」

穎貞皺眉道：「你見過父親沒有？」穎石道：「沒有，父親打著牌，我沒敢驚動。」穎貞似乎要說什麼，看著他弟弟的臉，卻又咽住。

這時化卿先生從外面進來，叫道：「穎貞，他們回來了麼？」

穎貞連忙應道：「石弟回來了，在屋裡呢。」一面把穎石推出去。穎石慌忙走出廊外，迎著父親，請了一個木強不靈的安。

化卿看了穎石一眼，問：「你哥哥呢？」穎石吞吞吐吐的答應道：「銘哥病了，不能回來，在醫院裡住著呢。」化卿咄的一聲道：「胡說！你們在南京做了什麼代表了，難道我不曉得！」

穎石也不敢做聲，跟著父親進來。化卿一面坐下，一面從懷裡掏出一封信來，擲給穎石道：「你自己看罷！」穎石兩手顫動著，拿起信來。原來是他們校長給他父親的信，說他們兩個都在學生會裡，做什麼代表和幹事，恐怕他們是年幼無知，受人脅迫；請他父親叫他們回來，免得將來懲戒的時候，玉石俱焚，有礙情面，等等的話。穎石看完了，低著頭也不言語。

化卿冷笑說：「還有什麼可辯的麼？」穎石道：「這是校長他自己誤會，其實沒有什麼大不了的事情。就是因為近來青島的問題，很是緊急，國民卻仍然沉睡不醒。我們很覺得悲痛，便出去給他們演講，並勸人購買國貨，盼望他們一齊醒悟過來，鼓起民氣，可以做政府的後援。這並不是作奸犯科……」化卿道：「你瞞得過我，卻瞞不過校長，他同我是老朋友，並且你們去的時候，我還托他照應，他自然得告訴我的。我只恨你們不學好，離了我的眼，便將我所囑咐的話，忘在九霄雲外，和那些血氣之徒，連在一起，便想犯上作亂，我真不願意有這樣偉人英雄的兒子！」

穎石聽著，急得臉都紅了，眼淚在眼圈裡亂轉，過一會子說：「父親不要誤會！我們的同學，也不是血氣之徒，不過國家危險的時候，我們都是國民一分子，自然都有一分熱腸。並且這愛國運動，絕對沒有一點暴亂的行為，極其光明正大；中外人士，都很讚美的。至於說我們要做英雄偉人，這也不是一件容易的事！現在學生們，在外面運動的多著呢，他們的才幹，勝過我們百倍，就是有偉人英雄的頭銜，也輪不到……」

這時穎石臉上火熱，眼淚也乾了，目光奕奕的一直說下去。穎貞看見她兄弟熱血噴薄，改了常態，話語漸漸的激烈起來，恐怕要惹父親的盛怒，十分的擔心著急，便對他使個眼色……忽然一聲桌子響，茶杯花瓶都摔在地下，跌得粉碎。化卿先生臉都氣黃了，站了起來，喝道：「好！好！率性和我辯駁起來了！這樣小小的年紀，便眼裡沒有父親了，這還了得！」

穎貞驚呆了。穎石退到屋角，手足都嚇得冰冷。廂房裡的姨娘們，聽見化卿聲色俱厲，都擱下牌，站在廊外，悄悄的聽著。

化卿道：「你們是國民一分子，難道政府裡面，都是外國人？若沒有學生出來愛國，恐怕中國早就滅亡了！照此說來，虧得我有你們兩個愛國的兒子，否則我竟是民國的罪人了！」

穎貞看父親氣到這個地步，慢慢地走過來，想解勸一兩句。化卿又說道：「要論到青島的事情，日本從德國手裡奪過的時候，我們中國還是中立國的地位，論理應該歸與他們。況且他們還說和我們共同管理，總算是仁至義盡的了！現在我們政府裡一切的用款，那一項不是和他們借來的？像這樣緩急相通的朋友，難道便可以隨隨便便的得罪了？眼看著這交情便要被你們鬧糟了，日本兵來的時候，橫豎你們也只是後退，仍是政府去承當。你這會兒也不言語了，你自己想一想，你們做的事合理不合理？是不是以怨報德？是不是不顧大局？」穎石低著頭，眼淚又滾了下來。

化卿便一疊連聲叫劉貴，劉貴慌忙答應著，垂著手站在帘外。化卿罵道：「無用的東西！我叫你去接他們，為何只接回一個來？難道他的話可聽，我的話不可聽麼？」劉貴也不敢答應。化卿又說：「明天早車你再走一遭，你告訴大少爺說，要是再不回來，就永遠不必回家了。」劉貴應了幾聲「是」，慢慢的退了出去。

四姨娘走了進來，笑著說：「二少爺年紀小，老爺也不必和他生氣，外頭還有客坐著呢。」一面又問穎石說：「少爺穿得這樣單薄，不覺得冷麼？」化卿便上下打量了穎石一番，冷笑說：「率性連白鞋白帽，都穿戴起來，這便是『無父無君』的證據了！」

一個僕人進來說：「王老爺要回去了。」化卿方站起走出，姨娘們也慢慢的自去打牌，屋裡又只剩姊弟二人。

穎貞嘆了一口氣，叫：「張媽，將地下打掃了，再吩咐廚房開一桌飯來，二少爺還沒有吃飯呢。」張媽在外面答應著。

穎石搖手說：「不用了。」一面說：「哥哥真個在醫院裡，這一兩天恐怕還不能回來。」穎貞道：「你剛才不是說被幹事部留下麼？」穎石說：「這不過是一半的緣由，上禮拜六他們那一隊出去演講，被軍隊圍住，一定不叫開講。哥哥上去和他們講理，說得慷慨激昂。聽的人愈聚愈多，都大呼拍手。那排長惱羞成怒，拿著槍頭的刺刀，向哥哥的手臂上扎了一下，當下……哥哥……便昏倒了。那時……」穎石說到這裡，已經哭得哽咽難言。穎貞也哭了，便說：「唉，是真……」穎石哭著應道：「可不是真的麼？」

明天一清早，劉貴就到裡院問道：「張姐，你問問大小姐有什麼話吩咐沒有。我要走了。」張媽進去回了，穎貞隔著玻璃窗說：「你告訴大少爺，千萬快快的回來，也千萬不要穿白帆布鞋子，省得老爺又要動氣。」

兩天以後，穎銘也回來了，穿著白官紗衫，青紗馬褂，腳底下是白襪子，青緞鞋，戴著一頂小帽，更顯得面色慘白。進院的時候，姊姊和弟弟，都坐在廊子上，逗小狗兒玩。穎石看見哥哥這樣打扮著回來，不禁好笑，又覺得十分傷心，含著眼淚，站起來點一點頭。穎銘微微的慘笑。姊姊也沒說什麼，只往東廂房努一努嘴。穎銘會意，便伸了一伸舌頭，笑了一笑，恭恭敬敬的進去。

化卿正臥在床上吞雲吐霧，四姨娘坐在一旁，陪著說話。

穎銘進去了，化卿連正眼也不看，仍舊不住的抽煙。穎銘不敢言語，只垂手站在一旁，等到化卿慢慢的坐起來，方才過去請了安。化卿道：「你也肯回來了麼？我以為你是『國爾忘家』的了！」穎銘紅了臉道：「孩兒實在是病著，不然……」化卿冷笑了幾聲，方要說話。四姨娘正在那裡燒煙，看見化卿顏色又變了，便連忙坐起來，說：「得了！前兩天就為著什麼『青島』『白島』的事，和二少爺生氣，把小姐屋裡的東西都摔了，自己還氣得頭痛兩天，今天才好了，又來找事。他兩個都已經回來了，就算了，何必又生這多餘的氣？」一面又回頭對穎銘說：「大少爺，你先出去歇歇罷，我已經吩咐廚房裡，替你預備下飯後。」

化卿聽了四姨娘一篇的話，便也不再說什麼，就從四姨娘手裡，接過煙槍來，一面臥下。穎銘看見他父親的怒氣，已經被四姨娘壓了下去，便悄悄的退了出來，徑到穎貞屋裡。

穎貞問道：「銘弟，你的傷好了麼？」穎銘望了一望窗外，便捲起袖子來，臂上的綳帶裹得很厚，也隱隱的現出血跡。穎貞滿心的不忍，便道：「快放下來罷！省得招了風要腫起來。」

穎石問：「哥哥，現在還痛不痛？」穎銘一面放下袖子，一面笑道：「我要是怕痛，當初也不肯出去了！」穎貞問道：「現在你們幹事部裡的情形怎麼樣？你的缺有人替了麼？」

穎銘道：「劉貴來了，告訴我父親和石弟生氣的光景，以及父親和你吩咐我的話，我哪裡還敢逗留，趕緊收拾了回來。他們原是再三的不肯，我只得將家裡的情形告訴了，他們也只得放我走。至於他們進行的手續，也都和別的學校大同小異的。」

穎石道：「你還算僥幸，只可憐我當了先鋒，冒冒失失的正碰在氣頭上。那天晚上的光景，真是……從我有生以來，也沒有捱過這樣的罵！唉，處在這樣黑暗的家庭，還有什麼可說的，中國空生了我這個人了。」說著便滴下淚來。

穎貞道：「都是你們校長給送了信，否則也不至於被父親知道。其實我在學校裡，也辦了不少的事。不過在父親面前，總是附和他的意見，父親便拿我當做好人，因此也不攔阻我去上學。」說到此處，穎銘不禁好笑。

穎銘的行李到了，化卿便親自出來逐樣的翻檢，看見書籍堆裡有好幾束的印刷品，並各種的雜誌；化卿略一過目，便都撕了，登時滿院裡紙花亂飛。穎銘穎石在窗內看見，也不敢出來，只急得悄悄的跺腳，低聲對穎貞說：「姊姊！你出去救一救罷！」穎貞便出來，對化卿陪笑說：「不用父親費力了，等我來檢看罷。天都黑了，你老人家眼花，回頭把講義也撕了，豈不可惜。」一面便彎腰去檢點，化卿才慢慢的走開。

他們弟兄二人，仍舊住在當初的小院裡，度那百無聊賴的光明。書房裡雖然也疊著滿滿的書，卻都是制藝、策論和古文、唐詩等等。所看的報紙，也只有《公言報》一種，連消遣的材料都沒有了。至於學校裡朋友的交際和通信，是一律在禁止之列。穎石生性本來是活潑的，加以這些日子，在學校內很是自由，忽然關在家內，便覺得非常的不慣，背地裡咳聲嘆氣。悶來便拿起筆亂寫些白話文章，寫完又不敢留著，便又自己撕了，撕了又寫，天天這樣。穎銘是一個沉默的人，也不顯出失意的樣子，每天臨幾張字帖，讀幾遍唐詩，自己在小院子裡，澆花種竹，率性連外面的事情，不聞不問起來。有時他們也和幾個姨娘一處打牌，但是他們所最以為快樂的事情，便是和姊姊穎貞，三人在一塊兒，談話解悶。

化卿的氣，也漸漸的平了，看見他們三人，這些日子，倒是很循規蹈矩的，心中便也喜歡；無形中便把限制的條件，鬆了一點。

有一天，穎銘替父親去應酬一個飯局，回來便悄悄的對穎貞說：「姊姊，今天我在道上，遇見我們學校幹事部裡的幾個同學，都騎著自行車，帶著幾捲的印刷品，在街上走。我奇怪他們為何都來到天津，想是請願團中也有他們，當下也不及打個招呼，汽車便走過去了。」穎石聽了便說：「他們為什麼不來這裡，告訴我們一點學校裡的消息？想是以為我們現在不熱心了，便不理我們了，唉，真是委屈！」說著覺得十分激切。穎貞微笑道：「這事我卻不贊成。」穎石便問道：「為什麼不贊成？」穎貞道：「外交內政的問題，先不必說。

看他們請願的條件，哪一條是辦得到的？就是都辦得到，政府也決然不肯應許，恐怕啟學生干政之漸。這樣日久天長的做下去，不過多住幾回警察廳，並且兩方面都用柔軟的辦法，回數多了，也都覺得無意思，不但沒有結果，也不能下台。我勸你們秋季上學以後，還是做一點切實的事情，穎銘，你看怎樣？」穎銘點一點頭，也不說什麼。穎石本來沒有成見，便也讚成兄姊的意思。

一個禮拜以後，南京學堂來了一封公函，報告開學的日期。弟兄二人，都喜歡得吃不下飯去，都催著穎貞去和父親要了學費，便好動身。穎貞去說時，化卿卻道：「不必去了，現在這風潮還沒有平息，將來還要搗亂。我已經把他兩個人都補了辦事員，先做幾年事，定一定性子。求學一節，日後再議罷！」穎貞呆了一呆，便說：「他們的學問和閱歷，都還不夠辦事的資格，倘若……」化卿搖頭道：「不要緊的，哪裡便用得著他們去辦事？就是辦事上有一差二錯，有我在還怕什麼！」穎貞知道難以進言，坐了一會，便出來了。

走到院子裡，心中很是游移不決，恐怕他們聽見了，一定要難受。正要轉身進來，只見劉貴在院門口，探了一探頭，便走近前說：「大少爺說，叫我看小姐出來了，便請過那院去。」

穎貞只得過來。穎石迎著姊姊，伸手道：「鈔票呢？」穎貞微微的笑了一笑，一面走進屋裡坐下，慢慢的一五一十都告訴了。兄弟二人聽完了，都半天說不出話來，過了一會，穎石忍不住哭倒在床上道：「難道我們連求學的希望都絕了麼？」穎銘眼圈也紅了，便站起來，在屋裡走了幾轉，仍舊坐下。穎貞也想不出什麼安慰的話來，坐了半天，便默默的出來，心中非常的難過，只得自己在屋裡彈琴散悶。

等到黃昏，還不見他們出來，便悄悄的走到他們院裡，從窗外往裡看時，穎石蒙著頭，在床上躺著，想是睡著了。穎銘斜倚在一張藤椅上，手裡拿著一本唐詩「心不在焉」的只管往下吟哦。到了「出門搔白首，若負平生志，冠蓋滿京華，斯人獨憔悴……」

似乎有了感觸，便來回的念了幾遍。穎貞便不進去，自己又悄悄的回來，走到小院的門口，還聽見穎銘低徊欲絕的吟道：「……滿京華，斯人獨憔伴！」

26・櫻花讚

櫻花是日本的驕傲。到日本去的人，未到之前，首先要想起櫻花；到了之後，首先要談到櫻花。你若是在夏秋之間到達的，日本朋友們會很惋惜地說：「你錯過了櫻花季節了！」你若是冬天到達的，他們會挽留你說：「多呆些日子，等看過櫻花再走吧！」總而言之，櫻花和「瑞雪靈峰」的富士山一樣，成了日本的象徵。

我看櫻花，往少裡說，也有幾十次了。在東京的青山墓地看，上野公園看，千鳥淵看……；在京都看，奈良看……；雨裡看，霧中看，月下看……日本到處都有櫻花，有的是幾百棵花樹擁在一起，有的是一兩棵花樹在路邊水邊悄然獨立。春天在日本就是沉浸在彌漫的櫻花氣息裡！

我的日本朋友告訴我，櫻花一共有三百多種，最多的是山櫻，吉野櫻，和八重櫻。山櫻和吉野櫻不像桃花那樣地白中透紅，也不像梨花那樣地白中透綠，它是蓮灰色的。八重櫻就豐滿紅潤一些，近乎北京城裡春天的海棠。此外還有淺黃色的鬱金櫻，枝花低垂的枝垂櫻，「春分」時節最早開花的彼岸櫻，花瓣多到三百餘片的菊櫻……掩映重疊，爭妍鬥艷。清代詩人黃遵憲的櫻花歌中有：

……

墨江潑綠水微波
萬花掩映江之沱
傾城看花奈花何
人人同唱櫻花歌

……

花光照海影如潮
遊俠聚作萃淵藪

……

十日之遊舉國狂
歲歲？虞朝復暮

……

這首歌寫盡了日本人春天看櫻花的舉國若狂的盛況。「十日之遊」是短促的，連陰之後，春陽暴暖，櫻花就漫山遍地的開了起來，一陣風雨，就又迅速地凋謝了，漫山遍地又是一片落英！日本的文人因此寫出許多「人生短促」的淒涼感喟的詩歌，據說櫻花的特點也在「早開早落」上面。

也許因為我是個中國人，對於櫻花的聯想，不是那麼灰黯。雖然我在一九四七年的春天，在東京的青山墓地第一次看櫻花的時候，墓地裡盡是些陰鬱的低頭掃墓的人；間以喝多了酒引吭悲歌的醉客，當我穿過園穹似地蓮灰色的繁花覆蓋的甬道的時候，也曾使我起了一陣低沉的感覺。

今年春天我到日本，正是櫻花盛開的季節，我到處都看了櫻花，在東京，大阪，京都，箱根，鐮倉……但是四月十三日我在金澤蘿香山上所看到的櫻花，卻是我所看過的最璀璨，最莊嚴的華光四射的櫻花！

四月十二日，下著大雨，我們到離金澤市不遠的內灘漁村去訪問。路上偶然聽說明天是金澤市出租汽車公司工人罷工的日子，金澤市有十二家出租汽車公司，有汽車二百五十輛，雇用著幾百名的司機和工人。他們為了生活的壓迫，要求增加工資，已經進行過五次罷工了，還沒有達到目的，明天的罷工將是第六次。

那個下午，我們在大雨的海灘上，和內灘農民的家裡，聽到了許多工農群眾為反對美軍侵占農田作打靶場奮起鬥爭終於勝利的種種可泣可歌的事跡。晚上又參加了一個情況熱烈的群眾歡迎大會，大家都興奮得睡不好覺，第二天早起，匆匆地整裝出發，我根本把今天汽車司機罷工的事情，忘在九霄雲外了。

早晨八點四十分，我們從旅館出來，十一輛汽車整整齊齊地擺在門口。我們分別上了車，徐徐地沿著山路，曲折而下。天氣晴明，和煦的東風吹著，燦爛的陽光晃著我們的眼睛……

這時我才忽然想起，今天不是汽車司機們罷工的日子麼？他們罷工的時間不是從早晨八時開始麼？為著送我們上車，不是耽誤了他們的罷工時刻麼？我連忙向前面和司機同坐的日本朋友詢問究竟。日本朋友回過頭來微微地笑說：「為著要送中國作家代表團上車站，他們昨夜開個緊急會議，決定把罷工時間改為從早晨九點開始了！」我正激動著要說一兩句道謝的話的時候，那位端詳穩靜、目光注視著前面的司機，稍稍地側著頭，謙和地說：「促進日中人民的友誼，也是鬥爭的一部分啊！」

我的心猛然地跳了一下，像點著的焰火一樣，從心靈深處噴出了感激的漫天燦爛的火花……

清晨的山路上，沒有別的車輛，只有我們這十一輛汽車，沙沙地飛馳。這時我忽然看到，山路的兩旁，簇擁著雨後盛開的幾百樹幾千樹的櫻花！這櫻花，一堆堆，一層層，好像雲海似地，在朝陽下緋紅萬頃，溢彩流光。當曲折的山路被這無邊的花雲遮蓋了的時候，我們就像坐在十一只首尾相接的輕舟之中，凌駕著駘蕩的東風，兩舷濺起嘩嘩的花浪，迅捷地向著初升的太陽前進！

下了山，到了市中心，街上仍沒有看到其他的行駛的車輛，只看到街旁許多的汽車行裡，大門敞開著，門內排列著大小的汽車，門口插著大面的紅旗，汽車工人們整齊地站在門邊，微笑著目送我們這一行車輛走過。

到了車站，我們下了車，以滿腔沸騰的熱情緊緊地握著司機們的手，感謝他們對我們的幫忙，並祝他們鬥爭的勝利。

熱烈的惜別場面過去了，火車開了好久，窗前拂過的是連綿的雪山和奔流的春水，但是我的眼前仍舊輝映著這一片我所從未見過的奇麗的櫻花！

我回過頭來，問著同行的日本朋友：「櫻花不消說是美麗的，但是從日本人看來，到底櫻花美在那裡？」他搔了搔頭，笑著說：「世界上沒有不美的花朵……至於對某一種花的喜愛，卻是由於各人心中的感觸。日本文人從美而易落的櫻花裡，感到人生的短暫，武士們就聯想到捐軀的壯烈。至於一般人民，他們喜歡櫻花，就是因為它在淒厲的冬天之後，首先給人民帶來了興奮喜樂的春天的消息。在日本，櫻花就是多！山上、水邊、街旁、院裡，到處都是。積雪還沒有消融，冬服還沒有去身，幽暗的房間裡還是春寒料峭，只要遠遠地一絲東風吹來，天上露出了陽光，這櫻花就漫山遍地的開起！不管是山櫻也好，吉野櫻也好，八重櫻也好……向它旁邊的日本三島上的人民，報告了春天的振奮蓬勃的消息。」

這番話，給我講明了兩個道理。一個是：櫻花開遍了蓬萊三島，是日本人民自己的花，它永遠給日本人民以春天的興奮與鼓舞；一個是看花人的心理活動，做成了對於某些花卉的特別喜愛。金澤的櫻花，並不比別處的更加美麗。汽車司機的一句深切動人的、表達日本勞動人民對於中國人民的深厚友誼的話，使得我眼中的金澤的漫山遍地的櫻花，幻成一片中日人民友誼的花的雲海，讓友誼的輕舟，激箭似地，向著燦爛的朝陽前進！

27・分

一個巨靈之掌，將我從憂悶痛楚的密網中打破了出來，我呱的哭出了第一聲悲哀的哭。

睜開眼，我的一隻腿仍在那巨靈的掌中倒提著，我看見自己的紅到玲瓏的兩隻小手，在我頭上的空中搖舞著。

另一個巨靈之掌輕輕的托住我的腰，他笑著回頭，向仰臥在白色床車上的一個女人說：「大喜呵，好一個胖小子！」一面輕輕的放我在一個鋪著白布的小筐裡。

我掙扎著向外看：看見許多白衣白帽的護士亂哄哄的，無聲的圍住那個女人。她蒼白著臉，臉上滿了汗。她微呻著，彷彿剛從惡夢中醒來。眼皮紅腫著，眼睛失神的半開著。她聽見了醫生的話，眼珠一轉，眼淚湧了出來。放下一百個心似的，疲乏的微笑的閉上眼睛，嘴裡說：「真辛苦了你們了！」

我便大哭起來：「母親呀，辛苦的是我們呀，我們剛才都從死中掙扎出來的呀！」

白衣的護士們亂哄哄的，無聲的將母親的床車推了出去。我也被舉了起來，出到門外。醫生一招手，甬道的那端，走過一個男人來。他也是剛從惡夢中醒來的臉色與歡欣，兩隻手要抱又不敢抱似的，用著憐惜驚奇的眼光，向我注視，醫生笑了：「這孩子好罷？」他不好意思似的，嚅囁著：「這孩子腦袋真長。」這時我猛然覺得我的頭痛極了，我又哭起來了：「父親呀，您不知道呀，我的腦殼擠得真痛呀。」

醫生笑了：「可了不得，這麼大的聲音！」一個護士站在旁邊，微笑的將我接了過去。

進到一間充滿了陽光的大屋子裡。四周壁下，挨排的放著許多的小白筐床，裡面臥著小朋友。有的兩手舉到頭邊，安穩的睡著；有的哭著說：「我渴了呀！」「我餓了呀！」「我太熱了呀！」「我濕了呀！」抱著我的護士，彷彿都不曾聽見似的，只飄速的，安詳的，從他們床邊走過，進到裡間浴室去，將我頭朝著水管，平放在水盆邊的石桌上。

蓮蓬管頭裡的溫水，噴淋在我的頭上，粘粘的血液全沖了下去。我打了一個寒噤，神志立刻清爽了。眼睛向上一看，隔著水盆，對面的那張石桌上，也躺著一個小朋友，另一個護士，也在替他洗著。他圓圓的頭，大大的眼睛，黑黑的皮膚，結實的挺起的胸膛。他也在醒著，一聲不響的望著窗外的天空。這時我已被舉起，護士輕輕的托著我的肩背，替我穿起白白長長的衣裳。小朋友也穿著好了，我們欠著身隔著水盆相對著。洗我的護士笑著對她的同伴說：「你的那個孩子真壯真大呵，可不如我的這個白淨秀氣！」這時小朋友抬起頭來注視著我，似輕似憐的微笑著。

我羞時報地輕輕的說：「好呀，小朋友。」他也謙和的說：「小朋友好呀。」這時我們已被放在相挨的兩個小筐床裡，護士們都走了。

我說：「我的周身好疼呀，最後四個鐘頭的掙扎，真不容易，你呢？」

他笑了，握著小拳：「我不，我只悶了半個鐘頭呢。我沒有受苦，我母親也沒有受苦。」

我默然，無聊的嘆一口氣，四下裡望著。他安慰我說：「你乏了，睡罷，我也要養一會兒神呢。」

我從濃睡中被抱了起來，直抱到大玻璃門邊。門外甬道裡站著好幾個少年男女，鼻尖和兩手都抵住門上玻璃，如同一群孩子，站在陳列聖誕節禮物的窗外，那種貪饞羨慕的樣子。他們喜笑的互相指點談論，說我的眉毛像姑姑，眼睛像舅舅，鼻子像叔叔，嘴像姨，彷彿要將我零碎吞併了去似的。

我閉上眼，使勁地想搖頭，卻發覺了脖子在痛著，我大哭了，說：「我只是我自己呀，我誰都不像呀，快讓我休息去呀！」護士笑了，抱著我轉身回去，我還望見他們三步兩回頭的，彼此笑著推著出去。

小朋友也醒了，對我招呼說：「你起來了，誰來看你？」我一面被放下，一面說：「不知道，也許是姑姑舅舅們，好些個年輕人，他們似乎都很愛我。」

小朋友不言語，又微笑了：「你好福氣，我們到此已是第二天了，連我的父親我還沒有看見呢。」

我竟不知道昏昏沉沉之中，我已睡了這許久。這時覺得渾身痛得好些，底下卻又濕了，我也學著斷斷續續的哭著說：「我濕了呀！我濕了呀！」果然不久有個護士過來，抱起我。我十分歡喜，不想她卻先給我水喝。

大約是黃昏時候，亂哄哄的三四個護士進來，硬白的衣裙嗶嗶的響著。她們將我們紛紛抱起，一一的換過尿布。小朋友很歡喜，說：「我們都要看見我們的母親了，再見呀。」

小朋友是和大家在一起，在大床車上推出去的。我是被抱起出去的。過了玻璃門，便走入甬道右邊的第一個屋子。母親正在很高的白床上躺著，用著渴望驚喜的眼光來迎接我。護士放我在她的臂上，她很羞縮的解開懷。她年紀彷彿很輕，很黑的秀髮向後攏著，眉毛彎彎的淡淡的像新月。沒有血色的淡白的臉，襯著很大很黑的眼珠，在床側暗淡的一圈燈影下，如同一個石像！

我開口吮咂著奶。母親用面頰偎著我的頭髮，又摩弄我的指頭，仔細的端詳我，似乎有無限的快慰與驚奇。

二十分鐘過去了，我還沒有吃到什麼。我又餓，舌尖又痛，就張開嘴讓奶頭脫落出來，煩惱的哭著。母親很恐惶的，不住的搖拍我，說：「小寶貝，別哭，別哭！」一面又趕緊按了鈴，一個護士走了進來。母親笑說：「沒有別的事，我沒有奶，小孩子直哭，怎麼辦？」護士也笑著，說：「不要緊的，早晚會有，孩子還小，他還不在乎呢。」一面便來抱我，母親戀戀的放了手。

我回到我的床上時，小朋友已先在他的床上了，他睡的很香，夢中時時微笑，似乎很滿足，很快樂。我四下裡望著。許多小朋友都快樂的睡著了。有幾個在半醒著，哼著玩似的，哭了幾聲。我餓極了，想到母親的奶不知何時才來，我是很在乎的，但是沒有人知道。看著大家都飽足的睡著，覺得又嫉妒，又羞愧，就大聲的哭起來，希望引起人們的注意。我哭了有半點多鐘，才有個護士過來，嬌痴的撅著嘴，撫拍著我，說：「真的！你媽媽不給你飽吃呵，喝點水罷！」她將水瓶的奶頭塞在我嘴裡，我哼哼的嗚咽的含著，一面慢慢的也睡著了。

第二天洗澡的時候，小朋友和我又躺在水盆的兩邊談話。他精神很飽滿。在被按洗之下，他搖著頭，半閉著眼，笑著說：「我昨天吃了一頓飽奶！我母親黑黑圓圓的臉，很好時目的。我是她的第五個孩子呢。她和護士說她是第一次進醫院生孩子，是慈幼會介紹來的，我父親很窮，是個屠戶，宰豬的。」——這時一滴硼酸水忽然灑上他的眼睛，他厭煩的喊了幾聲，掙扎著又睜開眼，說：「宰豬的！多痛快，白刀子進去，紅刀子出來！我大了，也學我父親，宰豬，——不但宰豬，也宰那些豬一般的盡吃不做的人！」

我靜靜的聽著，到了這裡趕緊閉上眼，不言語。

小朋友問說：「你呢？吃飽了罷？你母親怎樣？」

我也興奮了：「我沒有吃到什麼，母親的奶沒有下來呢，護士說一兩天就會有的。我母親真好，她會看書，床邊桌上堆著許多書，屋裡四面也擺滿了花。」

「你父親呢？」

「父親沒有來，屋裡只她一個人。她也沒有和人談話，我不知道關於父親的事。」

「那是頭等室，」小朋友肯定的說：「一個人一間屋子嗎！我母親那裡卻熱鬧，放著十幾張床呢。許多小朋友的母親都在那裡，小朋友們也都吃得飽。」

明天過來，看見父親了。在我吃奶的時候，他側著身，倚在母親的枕旁。他們的臉緊挨著，注視著我。父親很清癯的臉。皮色淡黃。很長的睫毛，精神很好。彷彿常愛思索似的，額上常有微微的皺紋。

父親說：「這回看的細，這孩子美的很呢，像你！」

母親微笑著，輕輕的摩我的臉：「也像你呢，這麼大的眼睛。」

父親立起來，坐到床邊的椅上，牽著母親的手，輕輕的拍著：「這下子，我們可不寂寞了，我下課回來，就幫助你照顧他，同他玩；放假的時候，就帶他遊山玩水去。——這孩子一定要注意身體，不要像我。我雖不病，卻不是強壯……」

母親點頭說：「是的——他也要早早的學音樂，繪畫，我自己不會這些，總覺得生活不圓滿呢！還有……」

父親笑了：「你將來要他成個什麼『家』？文學家？音樂家？」

母親說：「隨便什麼都好——他是個男孩子呢。中國需要科學，恐怕科學家最好。」

這時我正咂不出奶來，心裡煩躁得想哭。可是聽他們談的那麼津津有味，我也就不言語。

父親說：「我們應當替他儲蓄教育費了，這筆款越早預備越好。」

母親說：「忘了告訴你，弟弟昨天說，等孩子到了六歲，他送孩子一輛小自行車呢！」

父親笑說：「這孩子算是什麼都有了，他的搖籃，不是妹妹送的麼？」

母親緊緊的摟著我，親我的頭髮，說：「小寶貝呵，你多好，這麼些個人疼你！你大了，要做個好孩子……」

挾帶著滿懷的喜氣，我回到床上，也顧不得飢餓了，抬頭看小朋友，他卻又在深思呢。

我笑著招呼說：「小朋友，我看見我的父親了。他也極好。他是個教員。他和母親正在商量我將來教育的事。父親說凡他所能做到的，對於我有益的事，他都努力。母親說我沒有奶吃不要緊，回家去就吃奶粉，以後還吃桔子汁，還吃……」我一口氣說了下去。

小朋友微笑了，似憐憫又似鄙夷：「你好幸福呵，我是回家以後，就沒有奶吃了。今天我父親來了，對母親說有人找她當奶媽去。一兩天內我們就得走了！我回去跟著六十多歲的祖母。我吃米湯，糕乾……但是我不在乎！」

我默然，滿心的高興都消失了，我覺得慚愧。

小朋友的眼裡，放出了驕傲勇敢的光：「你將永遠是花房裡的一盆小花，風雨不侵的在劃一的溫度之下，嬌嫩的開放著。我呢，是道旁的小草。人們的踐踏和狂風暴雨，我都須忍受。你從玻璃窗裡，遙遙的外望，也許會可憐我。然而在我的頭上，有無限闊大的天空；在我的四周，有呼吸不盡的空氣。有自由的蝴蝶和蟋蟀在我的旁邊歌唱飛翔。我的勇敢的卑微的同伴，是燒不盡劃不完的。在人們腳下，青青的點綴遍了全世界！」

我窘得要哭，「我自己也不願意這樣的嬌嫩呀！……」我說。

小朋友驚醒了似的，緩和了下來，溫慰我說：「是呀，我們誰也不願意和誰不一樣，可是一切種種把我們分開了，——看後來罷！」

窗外的雪不住的在下，扯棉搓絮一般，綠瓦上勻整的堆砌上幾道雪溝。母親和我是要回家過年的。小朋友因為他母親要去上工，也要年前回去。我們只有半天的聚首了，茫茫的人海，我們從此要分頭消失在一片紛亂的城市叫囂之中，何時再能在同一的屋瓦之下，抵足而眠？

我們戀戀的互視著。暮色昏黃裡，小朋友的臉，在我微暈的眼光中漸漸的放大了。緊閉的嘴唇，緊鎖的眉峰，遠望的眼神，微微突出的下頦，處處顯出剛決和勇毅。「他宰豬——宰人？」我想著，小手在衾底伸縮著，感出自己的渺小！

從母親那裡回來，互相報告的消息，是我們都改成明天——一月一日——回去了！我的父親怕除夕事情太多，母親回去不得休息。小朋友的父親卻因為除夕自己出去躲債，怕他母親回去被債主包圍，也不叫她離院。我們平空又多出一天來！

自夜半起便聽見爆竹，遠遠近近的連續不斷。綿綿的雪中，幾聲寒犬，似乎告訴我們說人生的一段恩仇，至此又告一小小結束。在明天重戴起謙虛歡樂的假面具之先，這一夜，要盡量的吞噬，怨詈，哭泣。萬千的爆竹聲裡，陰沉沉的大街小巷之中，不知隱伏著幾千百種可怖的情感的激蕩……

我栗然，回顧小朋友。他咬住下唇，一聲兒不言語。——這一夜，緩流的水一般，細細的流將過去。將到天明，朦朧裡我聽見小朋友在他的床上嘆息。

天色大明了。兩個護士臉上堆著新年的笑，走了進來，替我們洗了澡。一個護士打開了我的小提箱，替我穿上小白絨緊子，套上白絨布長背心和睡衣。外面又穿戴上一色的豆青絨線褂子，帽子和襪子。穿著完了，她抱起我，笑說：「你多美呵，看你媽媽多會打扮你！」我覺得很軟適，卻又很熱，我暴躁得想哭。

小朋友也被舉了起來。我愣然，我幾乎不認識他了！他外面穿著大厚藍布棉襖，袖子很長很長，上面還有拆改補綴的線跡；底下也是洗得褪色的藍布的圍裙。他兩臂直伸著，頭面埋在青棉的大風帽之內，臃腫得像一隻風箏！我低頭看著地上堆著的，從我們身上脫下的兩套同樣的白衣，我忽然打了一個寒噤。我們從此分開了，我們精神上，物質上的一切都永遠分開了！

小朋友也看見我了，似驕似慚的笑了一笑說：「你真美呀，這身美麗溫軟的衣服！我的身上，是我的鎧甲，我要到社會的戰場上，同人家爭飯吃呀！」

護士們匆匆的撿起地上的白衣，扔入筐內。又匆匆的抱我們出去。走到玻璃門邊，我不禁大哭起來。小朋友也忍不住哭了，我們亂招著手說：「小朋友呀！再見

呀！再見呀！」一路走著，我們的哭聲，便在甬道的兩端消失了。

母親已經打扮好了，站在屋門口。父親提著小箱子，站在她旁邊。看見我來，母親連忙伸手接過我，仔細看我的臉，拭去我的眼淚，偎著我，說：「小寶貝，別哭！我們回家去了，一個快樂的家，媽媽也愛你，爸爸也愛你！」

一個輪車推了過來，母親替我圍上小豆青絨毯，抱我坐上去。父親跟在後面。和相送的醫生護士們道過謝，說過再見，便一齊從電梯下去。

從兩扇半截的玻璃門裡，看見一輛汽車停在門口。父親上前開了門，吹進一陣雪花，母親趕緊遮上我的臉。似乎我們又從輪車中下來，出了門，上了汽車，車門砰的一聲關上了。母親掀起我臉上的毯子，我看見滿車的花朵。我自己在母親懷裡，父親和母親的臉夾偎著我。

這時車已徐徐的轉出大門。門外許多洋車擁擠著，在他們紛紛讓路的當兒，猛抬頭我看見我的十日來朝夕相親的小朋友！他在他父親的臂裡。他母親提著青布的包袱。兩人一同側身站在門口，背向著我們。他父親頭上是一頂寬檐的青毡帽，身上是一件大青布棉袍。就在這寬大的帽檐下，小朋友伏在他的肩上，面向著我，雪花落在他的眉間，落在他的頰上。他緊閉著眼，臉上是淒傲的笑容……他已開始享樂他的奮鬥！……

車開出門外，便一直的飛馳。路上雪花飄舞著。隱隱的聽得見新年的鑼鼓。母親在我耳旁，緊偎著說：「寶貝呀，看這一個平坦潔白的世界呀！」

我哭了。

一九三一年八月五日，海淀

28・二十一日聽審的感想

二十一日早晨，我以代表的名義，到審判廳去聽北大學生案件的公判。我們一共有十一個人，是四個女校的代表。那時已經有九點多鐘，審判廳門口已經有許多的男學生。以後陸續又來了好些。我們向門警索要旁聽證，他們說恐怕女旁聽太仄，不過有一條長凳子，請我們舉四位代表進去。我們誰也不願意在被擯之列，就懇切對他們說，「地方如實在太仄，我們就是站著，也願意的。」他們無法，就進去半天，又出來對我們說，「只限你們十一個人了。再來的代表可真是沒有地方了。」我們就喜喜歡歡的進去。可憐那些後來的代表，真是不幸望門而不得入了。

開審以後的情形，雖然我也有筆記，但是各報紙上都記載得很詳細，便不必我再贅了。

一九一九年5月4日，北京爆發了愛國運動，北京協和女子大學理化預科一年級學生謝婉瑩參加了學生的愛國運動，她被選為學生會的文書，參加女學界聯合會宣傳股，擔任文字宣傳工作。「五四」運動的深入開展，軍閥政府被迫接受了學生的愛國要求，但仍未放棄鎮壓學生的企圖。7月間又藉故逮捕愛國學生。8月議當局逮捕無辜的學生，要求立即釋放。謝婉瑩作為女學界聯合會宣傳股的成員參加旁聽，旁聽後，根據宣傳的要求，寫了這篇文章。

旁聽證後面寫著個條的禁令，內有一條是「不准吸煙吐痰」，但是廳上四面站立的警察不住的吐痰在地上。我才記得這條禁令，是只限於旁聽人的。

劉律師辯護的必的，到那沉痛精彩的地方，有一位被告，痛哭失聲，全堂墜淚，我也很感動。同時又注意到四位原告，大有「不安」的樣子，以及退庭的時候，他們勉強做作的笑容。我又不禁想到古人一句話，「哀莫大於心死。」唉！可憐的青年！良心被私慾支配的青年！

審判的中間審判長報告休息十五分鐘。這個時候，好些旁聽人，都圍在被告的旁邊招手慰問，原告那邊靜悄悄的沒有一個人。我想被告的自有榮譽，用不著別人的憐憫，我們應當憐憫那幾個「心死的青年」。

自開庭至退庭一共有八點鐘，耳中心中目中一片都是激昂悲慘的光景。到了六點鐘退庭的時候，我走出門來，接觸那新鮮清爽的空氣，覺得開朗得很。同時也覺得疲乏飢渴，心中也仍是充滿了感慨抑鬱的感情。

晚飯以後，我在家裡廊子上坐著。牆陰秋蟲的鳴聲，茉莉晚香玉的香氣，我也無心領略，只有那八點鐘的印象，在腦中旋轉。

忽然坐在廊子那一邊的張媽問我說，「姑娘今日去哪裡去了一天？」這句話才將我從那印象中喚出來，就回答她說，「今天我在審判廳聽審。」隨後就將今天的事情大概告訴她一點。她聽完了就說，「兩邊都是學生，何苦這樣。」又說，「學生打吵，也是常事，為什麼不歸先生判斷，卻去驚動法庭呢！」

我當時很覺得奇怪，為何這平常的鄉下婦女，能有這樣的理解。忽然又醒悟過來說，不是她的理解高深，這是公道自在人心，所以張媽的話，與劉律師的話如出一轍。

我盼望改天的判決，就照著他們二人所說的話。因為這就是「公道」，這就是「輿論」。

29・六一姊

這兩天來，不知為什麼常常想起六一姊。

她是我童年遊伴之一，雖然在一塊兒的日子不多，我卻著實的喜歡她，她也盡心的愛護了我。

她的母親是菩提的乳母——菩提是父親朋友的兒子，和我的大弟弟同年生的，他們和我們是緊鄰——菩提出世後的第三天，她的母親便帶了六一來。又過兩天，我偶然走過菩提家的廚房，看見一個八九歲的姑娘，坐在門檻上。臉兒不很白，而雙頰自然紅潤，雙眼皮，大眼睛，看見人總是笑。機人家說這是六一的姊姊，都叫她六一姊。那時她還是天足，穿一套壓著花邊的藍布衣裳。很粗的辮子，垂在後面。我手裡正拿著兩串糖葫蘆，不由的便遞給她一串。她笑著接了，她母親叫她道謝，她只看著我笑，我也笑了，彼此都覺得很靦腆。等我吃完了糖果，要將那竹簽兒扔去的時候，她攔住我；一面將自己竹簽的一頭拗彎了，如同鉤兒的樣子，自己含在口裡，叫我也這樣做，一面笑說：「這是我們的旱煙袋。」

我用奇異的眼光看著她——當然我也隨從了，自那時起我很愛她。

她三天兩天的便來看她母親，我們見面的時候很多。她只比我大三歲，我覺得她是我第一個好朋友，我們常常有事沒事的坐在台階上談話。——我知道六一是他爺爺六十一歲那年生的，所以叫做六一。但六一未生之前，他姊姊總該另有名字的。我屢次問她，她總含笑不說。以後我彷彿聽得她母親叫她鈴兒，有一天冷不防我從她背後也叫了一聲，她連忙答應。回頭看見我笑了，她便低頭去弄辮子，似乎十分羞澀。我至今還不解是什麼緣故。當時只知道她怕聽「鈴兒」兩字，便時常叫著玩，但她並不惱我。

水天相連的海隅，可玩的材料很少，然而我們每次總有些新玩藝兒來消遣日子。有時拾些卵石放在小銅鑼裡，當雞蛋煮著。有時在沙上掘一個大坑，將我們的腳埋在裡面。玩完了，我站起來很坦然的；她卻很小心的在岩石上蹴踏了會子，又前後左右的看她自己的鞋，她說：「我的鞋若是弄髒了，我媽要說我的。」

還有一次，我聽人家說煤是樹木積壓變成的，偶然和六一姊談起，她笑著要做一點煤冬天燒。我們尋得了一把生銹的切菜刀，在山下砍了些荊棘，埋在海邊沙土裡，天天去掘開看變成了煤沒有。五六天過去了，依舊是荊棘，以後再有人說煤是樹木積壓成的，我總不信。

下雨的時候，我們便在廊下「跳遠」玩，有時跳得多了，晚上睡時覺得腳跟痛，但我們仍舊喜歡跳。有一次我的乳娘看見了，隔窗叫我進去說：「她是什麼人？你是什麼人？天天只管同鄉下孩子玩，姑娘家跳跳鑽鑽的，也不怕人笑話！」我乍一聽說，也便不敢出去，次數多了，我也有些氣忿，便道：「她是什麼人？鄉下孩子也是人呀！我跳我的，我母親都不說我，要你來管做什麼？」一面便掙脫出去。乳娘笑著擰我的臉說：「你真個學壞了！」

以後六一姊長大了些，來的時候也少了。她十一歲那年來的時候，她的腳已經裹尖了，穿著一雙青布扎紅花的尖頭高底鞋。女僕們都誇贊她說：「看她媽不在家，她自己把腳裹的多小呀！這樣的姑娘，真不讓人費心。」我愕然，背後問她說：「虧你怎麼下手，你不怕痛麼？」她搖頭笑說：「不。」隨後又說：「痛也沒有法子，不裹叫人家笑話。」

從此她來的時候，也不能常和我玩了，只挪過一張矮凳子，坐在下房裡，替六一漿洗小衣服，有時自己扎花鞋。我在門外沙上玩，她只扶著門框站著看。我叫她出來，她說：「我跑不動。」——那時我已起首學做句子，讀整本的書了，對於事物的興味，漸漸的和她兩樣。在書房窗內看見她來了，又走進下房裡，我也只淡淡的，並不像從前那種著急，慨不得立時出去見她的樣子。

菩提斷了乳，六一姊的母親便帶了六一走了。從那時起，自然六一姊也不再來。——直到我十一歲那年，到金鉤寨看社戲去，才又見她一面。

我看社戲，幾乎是年例，每次都是坐在正對著戲台的席棚底下看的。這座棚是曲家搭的，他家出了一個副榜，村裡要算他們最有聲望了。從我們樓上可以望見曲家門口和祠堂前兩對很高的旗杆，和海岸上的魁星閣。這都是曲副榜中了副榜以後，才建立起來的。金鉤寨得了這些點綴，觀瞻頓然壯了許多。

金鉤寨是離我們營壘最近的村落，四時節慶，不免有饋贈往來。我曾在父親桌上，看見曲副榜寄父親的一封信，是五色信紙寫的，大概是說沿海不靖，要請幾名兵士保護鄉村的話，內中有「諺云『……』足下乃今日之大樹將軍也，小草依依，尚其庇之……」「諺云」底下是什麼，我至終想不起來，只記得紙上龍蛇飛舞，筆勢很好看的。

社戲演唱的時候，父親常在被請參觀之列。我便也跟了去，坐在父親身旁看。我矮，看不見，曲家的長孫還因此出去，踢開了棚前土階上列坐的鄉人。

實話說，對於社戲，我完全不感興味，往往看不到半點鐘，便纏著要走，父親也借此起身告辭。——而和六一姊會面的那一次，不是在棚裡看，工夫卻長了些。

那天早起，在書房裡，已隱隱聽見山下鑼鼓喧天。下午放學出來，要回到西院去，剛走到花牆邊，看見余媽抱著膝坐在下台階上打盹。看見我便一把拉住笑說：「不必過去了，母親睡覺呢。我在這裡等著，領你聽社戲去，省得你一個人在樓上看海怪悶的。」

我知道是她自己要看，卻拿我作盾牌。但我在書房坐了一天，也正懶懶的，便任她攜了我的手，出了後門，夕陽中穿過麥壟。斜坡上走下去，已望見戲台前黑壓壓的人山人海，賣雜糖雜餅的擔子前，都有百十個村童圍著，亂哄哄的笑鬧；牆邊一排一排的板凳上，坐著粉白黛綠，花枝招展的婦女們，笑語盈盈的不休。

我覺得瑟縮，又不願擠過人叢，拉著余媽的手要回去。余媽俯下來指著對面叫我看，說：「已經走到這裡了——你看六一姊在那邊呢，過去找她說話去。」我抬頭一看，棚外左側的牆邊，穿著新藍布衫子，大紅褲子，盤腿坐在長板條的一端，正回頭和許多別的女孩子說話的，果然是六一姊。

余媽半推半挽的把我攝上棚邊去，六一姊忽然看見了，頓時滿臉含笑的站起來讓：「余大媽這邊坐。」一面緊緊的把我的手，對我笑，不說什麼話。

一別三年，六一姊的面龐稍稍改了，似乎臉兒長圓了些，也白了些，樣子更溫柔好看了。我一時也沒有說什麼，只看著她微笑。她拉我在她身旁半倚的坐下，附耳含笑說：「你也高了些——今天怎麼又高興出來走走？」

當我們招呼之頃，和她聯坐的女孩們都注意我——這時我願帶敘一個人兒，我腦中常有她的影子，後來看書一看到「蘼蘿村」和「西施」字樣，我立刻就聯憶到她，也不知是什麼緣故。她是那天和六一姊同坐在女伴中之一，只有十四五歲光景。身上穿著淺月白竹布衫兒，襟角上綉著字。綠色的褲子。下面是扎腿，桃紅扎青花的小腳鞋。頭髮不很青，卻是很厚。水汪汪的一雙俊眼。又紅又小的嘴唇。淨白的臉上，薄薄的搽上一層胭脂。她顧盼撩人，一顰一笑，都能得眾女伴的附和。那種娟媚入骨的手度，的確是我過城市生活以前所見的第一美人兒！

到此我自己驚笑，只是那天那時的一瞥，前後都杳無消息，童稚燦漫流動的心，在無數的過眼雲煙之中，不知怎的就捉得這一個影子，自然不忘的到了現在。

——生命中原有許多「不可解」的事！

她們竊竊議論我的天足，又問六一姊，我為何不換衣裳出來聽戲。眾口紛紜，我低頭聽得真切，心中只怨余媽為何就這樣的拉我出來！我身上穿的只是家常很素淨的衣服，在紅綠叢中，更顯得非常的暗淡。

百般局促之中，只聽得六一姊從容的微笑說：「值得換衣服麼？她不到棚裡去，今天又沒有什麼大戲。」一面用圍攬著我的手撫我的肩兒，似乎教我抬起頭來的樣子。

我覺得臉上紅潮立時退去，心中十分感激六一姊輕輕的便為我解了圍。我知道這句話的分量，一切的不寧都恢復了。我暗地驚嘆，三年之別，六一姊居然是大姑娘了，她練達人情的話，居然能庇覆我！

戀戀的挨著她坐著，無聊的注目台上。看見兩個婢女站在兩旁，一個皇后似的，站在當中，搖頭掩袖，咿咿的唱。她們三個珠翠滿頭，粉黛儼然，衣服也極其閃耀華麗，但裙下卻都露著一雙又大又破爛的男人單臉鞋。

金色的斜陽，已落下西山去，暮色逼人。余媽還捨不得走，我說：「從書房出來，簡直就沒到西院去，母親要問，我可不管。」她知道我萬不願再留滯了，只得站起來謝了六一姊，又和四圍的村婦紛紛道別。上坡來時，她還只管回頭望著台上，我卻望著六一姊，她也望著我。我忽然後悔為何忘記吩咐她來找我玩，轉過麥壟，便彼此看不見了。——到此我熱烈的希望那不是最末次的相見！

回家來已是上燈時候，母親並不會以不換衣裳去聽社戲為意，只問我今天的功課。我卻告訴母親我今天看見了六一姊，還有一個美姑娘。美姑娘不能打動母親的心，母親只殷勤的說：「真的，六一姊也有好幾年沒來了！」

十年來四圍尋不到和她相似的人，在異國更沒有起聯憶的機會，但這兩天來，不知為何，只常常想起六一姊！

她這時一定嫁了，嫁在金鉤寨，或是嫁到山右的鄰村去，我相信她永遠是一個勤儉溫柔的媳婦。

山坳海隅的春陰景物，也許和今日的青山，一般的淒黯消沉！我似乎能聽到那嗚嗚的海風，和那暗灰色浩蕩搖撼的波濤。我似乎能看到那陰鬱壓人的西南山影，和山半一層層枯黃不斷的麥地。乍暖還寒的時候，常使幼稚無知的我，起無名的悵惘的那種環境，六一姊也許還在此中。她或在推磨，或在納鞋底，工作之餘，她偶然抬頭自籬隙外望海山，或不起什麼感觸。她決不能想起我，即或能想起我，也決不能知道這時的我，正在海外的海，山外的山的一角小樓之中，凝陰的廊上，低頭疾書，追寫十年前的她的嘉言懿行……

我一路拉雜寫來，寫到此淚已盈——總之，提起六一姊，我童年的許多往事，已真切活現的浮到眼前來了！

一九二四年3月26日黃昏。青山，沙穰

30・小橘燈

這是十幾年以前的事了。

在一個春節前一天的下午，我到重慶郊外去看一位朋友。她住在那個鄉村的鄉公所樓上。走上一段陰暗的仄仄的樓梯，進到一間有一張方桌和幾張竹凳、牆上裝著一架電話的屋子，再進去就是我的朋友的房間，和外間只隔一幅布簾。她不在家，窗前桌上留著一張條子，說是她臨時有事出去，叫我等著她。

我在她桌前坐下，隨手拿起一張報紙來看，忽然聽見外屋板門吱地一聲開了，過了一會兒，又聽見有人在挪動那竹凳子。我掀開簾子，看見一個小姑娘，只有八九歲光景，瘦瘦的蒼白的臉，凍得發紫的嘴唇，頭髮很短，穿一身很破舊的衣褲，光腳穿一雙草鞋，正在登上竹凳想去摘牆上的聽話器，看見我似乎吃了一驚，把手縮了回來。我問她：「你要打電話嗎？」她一面爬下竹凳，一面點頭說：「我要

××醫院，找胡大夫，我媽媽剛才吐了許多血！」我問：「你知道××醫院的電話號碼嗎？」她搖了搖頭說：「我正想問電話局……」我趕緊從機旁的電話本子裡找到醫院的號碼，就又問她：「找到了大夫，我請他到誰家去呢？」她說：「你只要說王春林家裡病了，他就會來的。」

我把電話打通了，她感激地謝了我，回頭就走。我拉住她問：「你的家遠嗎？」她指著窗外說：「就在山窩那棵大黃果樹下面，一下子就走到的。」說著就噔、噔、噔地下樓去了。

我又回到裡屋去，把報紙前前後後都看完了，又拿起一本《唐詩三百首》來，看了一半，天色越發陰沉了，我的朋友還不回來。我無聊地站了起來，望著窗外濃霧裡迷茫的山景，看到那棵黃果樹下面的小屋，忽然想去探望那個小姑娘和她生病的媽媽。我下樓在門口買了幾個大紅橘子，塞在手提袋裡，順著歪斜不平的石板路，走到那小屋的門口。

我輕輕地叩著板門，剛才那個小姑娘出來開了門，抬頭看了我，先愣了一下，後來就微笑了，招手叫我進去。這屋子很小很黑，靠牆的板鋪上，她的媽媽閉著眼平躺著，大約是睡著了，被頭上有斑斑的血痕，她的臉向裡側著，只看見她臉上的亂髮，和腦後的一個大髻。門邊一個小炭爐，上面放著一個小沙鍋，微微地冒著熱氣。這小姑娘把爐前的小凳子讓我坐了。她自己就蹲在我旁邊。不住地打量我。我輕輕地問：「大夫來過了嗎？」她說：「來過了，給媽媽打了一針……她現在很好。」她又像安慰我似的說：「你放心，大夫明早還要來的。」我問：「她吃過東西嗎？這鍋裡是什麼？」她笑說：「紅薯稀飯——我們的年夜飯。」我想起了我帶來的橘子，就拿出來放在床邊的小矮桌上。她沒有做聲，只伸手拿過一個最大的橘子來，用小刀削去上面的一段皮，又用兩隻手把底下的一大半輕輕地揉捏著。

我低聲問：「你家還有什麼人？」她說：「現在沒有什麼人，我爸爸到外面去了……」她沒有說下去，只慢慢地從橘皮裡掏出一瓤一瓤的橘瓣來，放在她媽媽的枕頭邊。

爐火的微光，漸漸地暗了下去，外面變黑了。我站起來要走，她拉住我，一面極其敏捷地拿過穿著麻線的大針，把那小橘碗四周相對地穿起來，像一個小筐似的，用一根小竹棍挑著，又從窗台上拿了一段短短的蠟頭，放在裡面點起來，遞給我說：「天黑了，路滑，這盞小橘燈照你上山吧！」

我讚賞地接過，謝了她，她送我出到門外，我不知道說什麼好，她又像安慰我似的說：「不久，我爸爸一定會回來的。那時我媽媽就會好了。」她用小手在面前畫一個圓圈，最後按到我的手上：「我們大家也都好了！」顯然地，這「大家」也包括我在內。

我提著這靈巧的小橘燈，慢慢地在黑暗潮濕的山路上走著。這朦朧的橘紅的光，實在照不了多遠，但這小姑娘的鎮定、勇敢、樂觀的精神鼓舞了我，我似乎覺得眼前有無限光明！

我的朋友已經回來了，看見我提著小橘燈，便問我從哪裡來。我說：「從……從王春林家來。」她驚異地說：「王春林，那個木匠，你怎麼認得他？去年山下醫學院裡，有幾個學生，被當做共產黨抓走了，以後王春林也失蹤了，據說他常替那些學生送信……」

當夜，我就離開那山村，再也沒有聽見那小姑娘和她母親的消息。

但是從那時起，每逢春節，我就想起那盞小橘燈。十二年過去了，那小姑娘的爸爸一定早回來了。她媽媽也一定好了吧？因為我們「大家」都「好」了！

原載一九五七年1月31日《中國少年報》

國家圖書館出版品預行編目資料

冰心作品集／冰心著，初版--
新北市：新視野 New Vision，2022.06
面；　公分
ISBN 978-626-95822-0-4（平裝）

848.7　　　　111004196

冰心作品集

冰心　著

主　　編　林郁
出　　版　新視野 New Vision
製　　作　新潮社文化事業有限公司
電話：(02) 8666-5711
傳真：(02) 8666-5833
E-mail：service@xcsbook.com.tw

印前作業　菩薩蠻電腦科技有限公司
印前作業　福霖印刷有限公司

總 經 銷　聯合發行股份有限公司
新北市新店區寶橋路 235 巷 6 弄 6 號 2 樓
電話：(02) 2917-8022
傳真：(02) 2915-6275

初　　版　2022 年 07 月